台灣南島語言⑬

雅美語參考語法

張郁慧◎著

遠流

台灣南島語言⑬

雅美語參考語法

作　　者／張郇慧

發 行 人／王榮文

出版發行／遠流出版事業股份有限公司

　　　　　臺北市南昌路二段81號6樓

　　　　　郵撥／0189456-1　電話／2392-6899

　　　　　傳眞／2392-6658

香港發行／遠流（香港）出版公司

　　　　　香港北角英皇道310號雲華大廈4樓505室

　　　　　電話／2508-9048　傳眞／2503-3258

　　　　　香港售價／港幣66元

法律顧問／王秀哲律師・董安丹律師

著作權顧問／蕭雄淋律師

2000年3月1日　初版一刷

2005年1月1日　初版二刷

行政院新聞局局版臺業字第1295號

新台幣售價200元　（缺頁或破損的書，請寄回更換）

ISBN 957-32-3899-3

YLib 遠流博識網

http://www.ylib.com　　　　E-mail:ylib@ylib.com

《獻辭》

　　我們一同將這套叢書獻給台灣的原住民同胞，感謝他們帶給世人無比豐厚的感動。

　　我們也將這套叢書獻給李壬癸先生，感謝他帶領我們走進台灣原住民語言的天地，讓我們懂得怎樣去領受這份豐厚的感動。這套叢書同時也作爲一份獻禮，恭祝李先生六十歲的華誕。

何大安　吳靜蘭　林英津　張永利　張秀絹
張郇慧　黃美金　楊秀芳　葉美利　齊莉莎

一同敬獻
中華民國 88 年 11 月 12 日

《台灣南島語言》序

　　她的美麗，大家都知道；所以人人稱她「福爾摩莎」。美麗的事物，應當珍惜；所以作者們合寫了這一套叢書。

　　聲音之中，母親的言語最美麗。這套叢書，正是爲維護台灣原住民的母語而寫的。解嚴以後，台灣語言生態的維護與重建，受到普遍的重視；母語教學的活動，也相繼熱烈的展開。教育部顧問室於是在民國 84 年，委託國立台灣師範大學英語系的黃美金教授規劃一部教材，以作爲與維護台灣原住民母語有關的教學活動的基礎參考資料。黃教授組織了一支高水準的工作隊伍，經過多年的努力，終於完成了這項開創性的工作。

　　台灣原住民的語言雖然很多，但是都屬於一個地理分布非常廣大的語言家族，我們稱爲「南島語族」。從比較語言學的觀點來說，台灣南島語甚至是整個南島語中最具存古特徵、也因此是最足珍貴的一些語言。然而儘管語言學家對台灣南島語的研究持續不斷，他們研究的多半是專門的問題，發表的成果也多半以外文爲之，同時研究的深度也各個語言不一；因此都不適合直接用於母語教學。這套叢書的編寫，等於是一個全新的開始：作者們親自調查

語言、親自分析語言；也因此提出了一個全新的呈現：一致的體例、相同的深度。這在台灣原住民語言的研究和維護上，是一項創舉。

現在我把這套叢書的作者和他們各自撰寫的語言專書列在下面，向他們致上敬意與謝意：

黃美金教授	泰雅語、卑南語、邵語
林英津教授	巴則海語
張郇慧教授	雅美語
齊莉莎教授	鄒語、魯凱語、布農語
張永利教授	噶瑪蘭語、賽德克語
葉美利教授	賽夏語
張秀絹教授	排灣語
吳靜蘭教授	阿美語

也謝謝他們的好意，讓我與楊秀芳教授有攀附驥尾的榮幸，合寫這套叢書的「導論」。我同時也要感謝支持這項規劃案的教育部顧問室陳文村主任，以及協助出版的遠流出版公司。台灣原住民的語言，不止上面所列的那些；母語維護的工作，也不僅僅是出版一套叢書而已。不過，涓滴可以匯成大海。只要有心，只要不間斷的努力，她的美麗，終將亙古如新。

何大安　謹序
教育部諮議委員
中央研究院研究員
民國 88 年 11 月 12 日

語言、知識與原住民文化

　　研究語言的學者大都同意：南島語言是世界上分佈最廣的語族，而台灣原住民各族的族語則保留了南島語最古老的形式，它是台灣最寶貴的文化資產。

　　然而由於種種歷史因果的影響，十九世紀末，廣泛的平埔族各族語言，因長期漢化的緣故，逐漸喪失了活力；而花蓮、台東一帶，以及中央山脈兩側所謂的原住民九族地區，近百年來，則由於日本及國府國族中心主義之有效統治，在社會、經濟、文化、風俗習慣、生活方式乃至主體意識等各方面都發生了前所未有的結構性改變，原住民各族的語言生態，因而遭到嚴重的破壞。事隔一百年，台灣原住民各族似乎也面臨了重蹈平埔族覆轍之命運，喑啞而漸次失語。

　　語言的斷裂不只關涉到文化存續的問題，還侵蝕了原住民的主體世界。祖孫無法交談，家族的記憶和情感紐帶難以銜接；主體無能以族語說話，民族的認同失去了強而有力的憑藉。語言的失落，事實上也是一個民族的失落，他失去了他存有的安宅。除非清楚地認識這一點，我們無法真正地瞭解當代原住民精神世界苦難的本質。

　　四百年來，對台灣原住民語言的記錄和研究並不完全是空白的。荷蘭時代和歷代熱心傳教的基督教士，為我們留下了斷斷續續的線索。他們創制了拼音文字，翻譯族語聖經，記錄了原住民的歌謠。日據時代，更有大量的人類學田野記錄，將原住民的神話傳說、文化風習保存了下來。然而後來關鍵的這五十年，由於特殊的政治和歷史環境，台灣的學術界從未將目光投注到這些片段的文獻上，不但沒有持續進行記錄的工作，甚至將前人的研究束諸高閣，連消化的興趣都沒有。李壬癸教授多年前形容自己在南島語言研究的旅途上，是孤單寂寞，是千山我獨行；這種心情，常讓我聯想到自己民族的黃昏處境，寂寥空漠、錐心不已。

　　所幸民國六十年代起，台灣本土化意識漸成主流，原住民議題浮上歷史抬面，有關原住民的學術研究也成為一種新的風潮。我們是否可以因而樂觀地說：「原住民學已經確立了呢？」我認為要回答這個提問，至少必須先解決三個問題：

　　第一，　前代文獻的校讎、研究與消化。過去零星的資料和日據時代田野工作的成果，基礎不一、良莠不齊，需要我們以新的方法、眼光和技術，進行校勘、批判和融會。

　　第二，　對種種意識型態的敏感度及其超越。民國六十年代以來，台灣原住民文化、歷史的研究頗為蓬勃。原

住民知識體系的建構，隨著台灣的政治意識型態的發展，也形成了若干知識興趣。先是「政治正確」的知識，舉凡符合各自政治立場的原住民文化、歷史論述，即成為原住民知識。其次是「本土正確」的知識，以本土性作為知識建構的前提或合法性基礎的原住民知識。最後是「身份正確」的知識，越來越多的原住民作者以第一人稱的身份發言，並以此宣稱其知識的確實性。這三種知識所撐開的原住民知識系統，各有其票面價值，但對「原住民學」的建立是相當有害的。我們必須保持對這些知識陷阱的敏感度並加以超越。

第三，原住民經典的彙集。過去原住民知識之所以無法累積，主要是因為原典沒有確立。典範不在，知識的建構便沒有源頭，既無法返本開新，也難以萬流歸宗。如何將原住民的祭典文學、神話傳說、禮儀制度以及部落歷史等等刪訂集結，實在關係著原住民知識傳統的建立。

不過，除了第二點有關意識型態的問題外，第一、三點都密切地關聯到語言的問題。文獻的校勘、注釋、翻譯和原住民經典的整理彙編，都歸結到各族語言的處理。這當中有拼音文字之確定問題，有各族語言音韻特徵或規律之掌握問題，更有詞彙結構、句法結構的解析問題；充分把握各族的語言，上述兩點的工作才可能有堅實的學術基礎。學術挺立，總總意識型態的糾纏便可以有客觀、公開的評斷。

　　基於這樣的理解，我認為《台灣南島語言》叢書的刊行，標誌著一個新的里程碑，它不但可以有效地協助保存原住民各族的語言，也可以促使整個南島語言的研究持續邁進，並讓原住民的文化或所謂原住民學提昇到嚴密的學術殿堂。以此為基礎，我相信我們還可以進一步編訂各族更詳盡的辭典，並發展出一套有用的族語教材，為原住民語言生態的復振，提供積極的條件。

　　沒有任何人有權力消滅或放棄一個語言，每一族母語都是祖先的恩賜。身為原住民的一份子，面對自己語言的殘破狀況，雖說棋局已殘，但依舊壯心不已。對所有本叢書的撰寫人，以及不計盈虧的出版家，恭敬行禮，感佩至深。

孫大川　謹序

行政院原住民委員會副主任委員

民國 89 年 2 月 3 日

目　錄

圖 表 目 錄

語音符號對照表

下表為本套叢書各書中所採用的語音符號，及其相對的國際音標、國語注音符號對照表：

	本叢書採用之符號	國際音標	相對國語注音符號	發 音 解 說	出處示例
元音	i	i	ㄧ	高前元音	阿美語
	ʉ	ʉ	ㆠ	高央元音	鄒語
	u	u	ㄨ	高後元音	邵語
	e	e	ㄝ	中前元音	泰雅語
	oe	œ		中前元音	賽夏語
	e	ə	ㄜ	中央元音	鄒語
	o	o	ㄛ	中後元音	泰雅語
	ae	æ		低前元音	賽夏語
	a	a	ㄚ	低央元音	阿美語
輔音	p	p	ㄅ	雙唇不送氣清塞音	賽夏語
	t	t	ㄉ	舌尖不送氣清塞音	賽夏語
	c	ts	ㄗ	舌尖不送氣清塞擦音	泰雅語
	T	ʈ		捲舌不送氣清塞音	卑南語
	t́	c		硬顎清塞音	叢書導論
	tj				排灣語
	k	k	ㄍ	舌根不送氣清塞音	賽夏語
	q	q		小舌不送氣清塞音	泰雅語
	'	ʔ		喉塞音	泰雅語
	b	b		雙唇濁塞音	賽德克語
		ɓ		雙唇濁前帶喉塞音	鄒語

	本叢書採用之符號	國際音標	相對國語注音符號	發 音 解 說	出處示例
輔	d	d		舌尖濁塞音	賽德克語
		ɗ		舌尖濁前帶喉塞音	鄒語
	D	ɖ		捲舌濁塞音	卑南語
	d́	ɟ		硬顎濁塞音	叢書導論
	dj				排灣語
	g	g		舌根濁塞音	賽德克語
	f	f	ㄈ	唇齒清擦音	鄒語
	th	θ		齒間清擦音	魯凱語
	s	s	ㄙ	舌尖清擦音	泰雅語
	S	ʃ		齦顎清擦音	邵語
	x	x	ㄏ	舌根清擦音	泰雅語
	h	χ		小舌清擦音	布農語
		h	ㄏ	喉清擦音	鄒語
	b	β		雙唇濁擦音	泰雅語
	v	v		唇齒濁擦音	排灣語
	z	ð		齒間濁擦音	魯凱語
		z		舌尖濁擦音	排灣語
	g	ɣ		舌根濁擦音	泰雅語
	R	ʁ		小舌濁擦音	噶瑪蘭語
	m	m	ㄇ	雙唇鼻音	泰雅語
	n	n	ㄋ	舌尖鼻音	泰雅語
音	ng	ŋ	ㄥ	舌根鼻音	泰雅語
	d			舌尖清邊音	阿美語
	l	ɬ		舌尖清邊音	魯凱語
	L				邵語
	l	l	ㄌ	舌尖濁邊音	泰雅語
	L	ɭ		捲舌濁邊音	卑南語

	本叢書採用之符號	國際音標	相對國語注音符號	發 音 解 說	出處示例
輔音	ʎ	ʎ		硬顎邊音	叢書導論
	lj				排灣語
	r	r		舌尖顫音	阿美語
		ɾ		舌尖閃音	噶瑪蘭語
	w	w	ㄨ	雙唇滑音	阿美語
	y	j	ㄧ	硬顎滑音	阿美語

南島語與台灣南島語

何大安　楊秀芳

一、南島語的分布

　　台灣原住民的語言，屬於一個分布廣大的語言家族：「南島語族」。這個語族西自非洲東南的馬達加斯加，東到南美洲西方外海的復活島；北起台灣，南抵紐西蘭；橫跨了印度洋和太平洋。在這個範圍之內大部分島嶼—新幾內亞中部山地的巴布亞新幾內亞除外—的原住民的語言，都來自同一個南島語族。地圖 1（附於本章參考書目後）顯示了南島語族的地理分布。

　　南島語族中有多少語言，現在還很不容易回答。這是因為一方面語言和方言難以分別，一方面也還有一些地區的語言缺乏記錄。不過保守地說有 500 種以上的語言、使用的人約兩億，大概是學者們所能同意的。

　　南島語是世界上分布最廣的語族，佔有了地球大半的洋面地區。那麼南島語的原始居民又是如何、以及經過了

多少階段的遷徙，才成爲今天這樣的分布狀態呢？

根據考古學的推測，大約從公元前 4,000 年開始，南島民族以台灣爲起點，經由航海，向南遷徙。他們先到菲律賓群島。大約在公元前 3,000 年前後，從菲律賓遷到婆羅洲。遷徙的隊伍在公元前 2,500 年左右分成東西兩路。西路在公元前 2,000 年和公元前 1,000 年之間先後擴及於沙勞越、爪哇、蘇門答臘、馬來半島等地，大約在公元前後橫越了印度洋到達馬達加斯加。東路在公元前 2,000 年之後的一千多年當中，陸續在西里伯、新幾內亞、關島、美拉尼西亞等地蕃衍生息，然後在公元前 200 年進入密克羅尼西亞、公元 300 年到 400 年之間擴散到夏威夷群島和整個南太平洋，最終在公元 800 年時到達最南端的紐西蘭。從最北的台灣到最南的紐西蘭，這一趟移民之旅，走了 4,800 年。

台灣是否就是南島民族的起源地，這也是個還有爭論的問題。考古學的證據指出，公元前 4,000 年台灣和大陸東南沿海屬於同一個考古文化圈，而且這個考古文化和今天台灣的原住民文化一脈相承沒有斷層，顯示台灣原住民居住台灣的時間之早、之久，也暗示了南島民族源自大陸東南沿海的可能。台灣爲南島民族最早的擴散地，本章第三節會從語言學的觀點加以說明。但是由於大陸東南沿海並沒有南島語的遺跡可循，這個地區作爲南島民族起源地的說法，目前卻苦無有力的語言學證據。

　　何以能說這麼廣大地區的語言屬於同一個語言家族呢？確認語言的親屬關係，最重要的方法，就是找出有音韻和語義對應關係的同源詞。我們可以拿台灣原住民的排灣語、菲律賓的塔加洛語、和南太平洋斐濟共和國的斐濟語為例，來說明同源詞的比較方法。表 0.1 是這幾個語言部份同源詞的清單。

表 0.1 排灣語、塔加洛語、斐濟語同源詞表

	原始南島語	排　灣　語	塔加洛語	斐　濟　語	語　義
1	*dalan	ɗalan	daán	sala	路
2	*ɗamaɦ	ka-ɗama-ɗama-n	damag	ra-rama	火炬；光
3	*ɗanau	ɗanaw	danaw	nrano	湖
4	*jataɦ	ka-daʈa-n	latag	nrata	平的
5	*ɗusa	ɗusa	da-lawá	rua	二
6	*-inaɦ	k-ina	ina	t-ina	母親
7	*kan	k-əm-an	kain	kan-a	吃
8	*kagac	k-əm-ac	k-ag-at	kat-ia	咬
9	*kaśuy	kasiw	kahoy	kaðu	樹；柴
10	*vəlaq	vəlaq	bila	mbola	撕開
11	*qudaĺ	qudaĺ	ulán	uða	雨
12	*təbus	ʈəvus	tubo	ndovu	甘蔗
13	*ʈalis	calis	taali?	tali	線；繩索
14	*tuduq	ʈ-aĺ-uɗuq-an	túro?	vaka-tusa	指；手指

15	*unəm	unəm	ʔa-nʔom	ono	六
16	*walu	alu	walo	walu	八
17	*maca	maca	mata	mata	眼睛
18	*daga[]¹	ɖaq	dugoʔ	nraa	血
19	*baquɦ	vaqu-an	báago	vou	新的

　　表 0.1 中的 19 個詞，三種語言固然語義接近，音韻形式也在相似中帶有規則性。例如「原始南島語」的一個輔音*t ，三種語言在所有帶這個音的詞彙中「反映」都一樣是「t̂：t：t」（如例 12 '甘蔗'、 14 '指；手指'）；「原始南島語」的一個輔音*c，三種語言在所有帶這個音的詞彙中反映都一樣是「c：t：t」（如 8 '咬'、17 '眼睛'）。這就構成了同源詞的規則的對應。如果語言之間有規則的對應相當的多，或者至少多到足以使人相信不是巧合，那麼就可以判定這些語言來自同一個語言家族。

　　絕大多數的南島民族都沒有創製代表自己語言的文字。印尼加里曼丹東部的古戴、和西爪哇的多羅摩曾出土公元 400 年左右的石碑，不過上面所鐫刻的卻是梵文。在蘇門答臘的巨港、邦加島、占卑附近出土的四塊立於公元683 年至 686 年的碑銘，則使用南印度的跋羅婆字母。這些是僅見的早期南島民族的碑文。碑文顯示的語詞和現代馬來語、印尼語接近，但也有大量的梵文借詞，可見兩種

---

¹ 在本叢書導論中凡有 [] 標記者，乃指該字音位不明確。

文化接觸之早。現在南島民族普遍使用羅馬拼音文字，則是 16、17 世紀以後西方傳教士東來後所帶來的影響。沒有自己的文字，歷史便難以記錄。因此南島民族的早期歷史，只有靠考古學、人類學、語言學的方法，才能作部份的復原。表 0.1 中的「原始南島語」，就是出於語言學家的構擬。

二、南島語的語言學特徵

南島語有許多重要的語言學特徵，我們分音韻、構詞、句法三方面各舉一兩個顯著例子來說明。首先來看音韻。

觀察表 0.1 的那些同源詞，我們就可以發現：南島語是一個沒有聲調的多音節語言。當然，這句話不能說得太滿，例如新幾內亞的加本語就發展出了聲調。不過絕大多數的南島語大概都具有這項共同特點，而這是與我們所說的國語、閩南語、客語等漢語不一樣的。

許多南島語以輕重音區別一個詞當中不同的音節。這種輕重音的分布，或者是有規則的，例如排灣語的主要重音都出現在一個詞的倒數第二個音節，因而可以從拼寫法上省去；或者是不盡規則的，例如塔加洛語，拼寫上就必須加以註明。

詞當中的音節組成，如果以 C 代表輔音、V 代表元

音的話，大體都是 CV 或是 CVC。同一個音節中有成串輔音群的很少。台灣的鄒語是一個有成串輔音群的語言，不過該語言的輔音群卻可能是元音丟失後的結果。另外有一些南島語有「鼻音增生」的現象，並因此產生了帶鼻音的輔音群；這當然也是一種次生的輔音群。

大部分南島語言都只有 i、u、ə、a 四個元音和 ay、aw 等複元音。多於這四個元音的語言，所多出來的元音，多半也是演變的結果，或者是可預測的。除了一些台灣南島語之外，大部分南島語言的輔音，無論是數目上或是發音的部位或方法上，也都常見而簡單。有些台灣南島語有特殊的捲舌音、顎化音；而泰雅、排灣的小舌音 q，或是阿美語的咽壁音ʔ，更不容易在台灣以外的南島語中聽到。當輔音、元音相結合時，南島語和其他語言一樣，會有種種的變化。這些現象不勝枚舉，我們就不多加介紹。

其次來看構詞的特點。表 0.1 若干同源詞的拼寫方式告訴我們：南島語有像 ka-、ʔa-這樣的前綴、有-an、-a 這樣的後綴、以及有像-al-、-əm-這樣的中綴。前綴、後綴、中綴統稱「詞綴」。以詞綴來造新詞或是表現一個詞的曲折變化，稱作加綴法。加綴法，是許多語言普遍採行的構詞法。像國語加「兒」、「子」、閩南語加「a」表示小稱，或是客語加「兜」表示複數，也是一種後綴附加。不過南島語有下面所舉的多層次附加，卻不是國語、閩南語、客語所有的。

　　比方台灣的卡那卡那富語有 puacacaɨnɨkankiai 這個詞，意思是‘（他）讓人走來走去’。這個詞的構成過程如下。首先，卡那卡那富語有一個語義爲‘路’的「詞根」ca，附加了衍生動詞的成份 u 之後的 u-ca 就成了動詞‘走路’。u-ca 經過一次重疊成爲 u-ca-ca，表示‘一直走、不停的走、走來走去’；u-ca-ca 再加上表示‘允許’的兩個詞綴 p-和-a-，就成了一個動詞‘讓人走來走去’的基本形式 p-u-a-ca-ca。這個基本形式稱爲動詞的「詞幹」。詞幹是動詞時態或情貌等曲折變化的基礎。p-u-a-ca-ca 加上後綴-ɨnɨ，表示動作的‘非完成貌’，完成了動詞的曲折變化。非完成貌的曲折形式 p-u-a-ca-ca-ɨnɨ-再加上表示帶有副詞性質的‘直述’語氣的-kan 和表示人稱成份的‘第三人稱動作者’的-kiai 之後，就成了 p-u-a-ca-ca-ɨnɨ-kan-kiai‘（他）讓人走來走去’這個完整的詞。請注意，卡那卡那富語‘路’的「詞根」ca 和表 0.1 的‘路’同根，讀者可以自行比較。

　　在上面那個例子的衍生過程中，我們還看到了另一種構詞的方式，就是重疊法。南島語常常用重疊來表示體積的微小、數量的眾多、動作的反復或持續進行，甚至還可以重疊人名以表示死者。相較之下，漢語中常見的複合法在南島語中所佔的比重不大。值得一提的是太平洋地區的「大洋語」中，有一種及物動詞與直接賓語結合的「動賓」複合過程，頗爲普遍。例如斐濟語中 an-i a dalo 是‘吃芋

頭'的意思,是一個動賓詞組,可以分析爲[[an-i][a dalo]];
an-a dalo 也是 '吃芋頭',但卻是一個動賓複合詞,必須
分析爲[an-a-dalo]。動賓詞組和動賓複合詞的結構不同。
動賓詞組中動詞 an-i 的及物後綴-i 和賓語前的格位標記 a
都保持的很完整,體現一般動詞組的標準形式;而動賓複
合詞卻直接以賓語替代了及物後綴,明顯的簡化了。

南島語句法上最重要的特徵是「焦點系統」的運作。
焦點系統是南島語獨有的句法特徵,保存這項特徵最完整
的,則屬台灣南島語。下面舉四個排灣語的句子來作說明。

1. q-əm-aĺup   a mamazaŋiljan ta vavuy i gadu

   [打獵-em-打獵 a 頭目   ta 山豬 i 山上]

   '「頭目」在山上獵山豬'

2. qaĺup-ən na   mamazaŋiljan a vavuy i gadu

   [打獵-en na   頭目   a 山豬 i 山上]

   '頭目在山上獵的是「山豬」'

3. qa-qaĺup-an   na   mamazaŋiljan ta vavuy a gadu

   [重疊-打獵-an   na   頭目   ta 山豬 a 山上]

   '頭目獵山豬的(地方)是「山上」'

4. si-qaĺup na mamazaŋiljan ta   vavuy a vaĺuq

   [si-打獵 na 頭目   ta   山豬 a 長矛]

   '頭目獵山豬的(工具)是「長矛」'

這四個句子的意思都差不多,不過訊息的「焦點」不
同。各句的焦點,依次分別是:「主事者」的頭目、「受事

者」的山豬、「處所」的山上、和「工具」的長矛;四個
句子因此也就依次稱爲「主事焦點」句、「受事焦點」句、
「處所焦點」句、和「工具焦點(或稱指示焦點)」句。
讀者一定已經發現,當句子的焦點不同時,動詞「打獵」
的構詞形態也不同。歸納起來,動詞(表 0.2 用 V 表示
動詞的詞幹)的焦點變化就有表 0.2 那樣的規則:

表 0.2 排灣語動詞焦點變化

主 事 焦 點		V-əm-	
受 事 焦 點			V-ən
處 所 焦 點			V-an
工 具 焦 點	si-V		

除了表 0.2 的動詞曲折變化之外,句子當中作爲焦
點的名詞之前,都帶有一個引領主語的格位標記 a,顯示
這個焦點名詞就是這一句的主語。主事焦點句的主語就是
主事者本身,其他三種焦點句的主語都不是主事者;這個
時候主事者之前一律由表示領屬的格位標記 na 引領。由
於有這樣的分別,因此四種焦點句也可以進一步分成「主
事焦點」和「非主事焦點」兩類。照這樣看起來,「焦點
系統」的運作不但需要動詞作曲折變化,而且還牽涉到焦
點名詞與動詞變化之間的呼應,過程相當複雜。

以上所舉排灣語的例子,可以視爲「焦點系統」的代
表範例。許多南島語,尤其是台灣和菲律賓以外的南島語,
「焦點系統」都發生了或多或少的變化。有的甚至在類型

上都從四分的「焦點系統」轉變爲二分的「主動/被動系統」。這一點本章第三節還會說明。像台灣的魯凱語，就是一個沒有「焦點系統」的語言。

句法特徵上還可以注意的是「詞序」。漢語中「狗咬貓」、「貓咬狗」意思的不同，是由漢語的「詞序」固定爲「主語-動詞-賓語」所決定的。比較起來，南島語的詞序大多都是「動詞-主語-賓語」或「動詞-賓語-主語」，排灣語的四個句子可以作爲例證。由於動詞和主語之間有形態的呼應，不會弄錯，所以主語的位置或前或後，沒有什麼不同。但是動詞居前，則是大部分南島語的通例。

三、台灣南島語的地位

台灣南島語是無比珍貴的，許多早期的南島語的特徵，只有在台灣南島語當中才看得到。這裡就音韻、句法各舉一個例子。

首先請比較表 0.1 當中三種南島語的同源詞。我們會發現有兩點值得注意。第一，斐濟語每一個詞都以元音收尾。排灣語、塔加洛語所有的輔音尾，斐濟語都丟掉了。其實塔加洛語也因爲個別輔音的弱化，如*q>ʔ、ø 或是*s>ʔ、ø，也簡省或丟失了一些輔音尾。但是排灣語的輔音尾卻保持的很完整。第二，塔加洛語、斐濟語的輔音比排

灣語爲少。許多原始南島語中不同的輔音，排灣語仍保留
區別，但是塔加洛語、斐濟語卻混而不分了。我們挑選「*c：
*t」、「*l̂：*n」兩組對比製成表 0.3 來觀察，就可以看到
塔加洛語和斐濟語把原始南島語的*c、*t 混合爲 t，把*l̂、
*n 混合爲 n。

表 0.3 原始南島語*c、*t 的反映

原始南島語	排灣語	塔加洛語	斐濟語	表 0.1 中的同源詞例
*c	c	t	t	8 '咬'、17 '眼睛'
*t	t́	t	t	12 '甘蔗'、 14 '指'
*l̂	l̂	n	(n，字尾丟失)	11 '雨'
*n	n	n	n	3 '湖'、7 '吃'

我們認爲，這兩點正可以說明台灣南島語要比台灣以
外的南島語來得古老。因爲原來沒有輔音尾的音節怎麼可
能生出各種不同的輔音尾？原來沒有分別的 t 和 n 怎麼可
能分裂出 c 和 l̂？條件是什麼？假如我們找不出合理的條
件解釋生出和分裂的由簡入繁的道理，那麼就必須承認：
輔音尾、以及「*c：*t」、「*l̂：*n」的區別，是原始南島
語固有的，台灣以外的南島語將之合併、簡化了。

其次再從焦點系統的演化來看台灣南島語在句法上的
存古特性。太平洋的斐濟語有一個句法上的特點，就是及
物動詞要加後綴，並且還分「近指」、「遠指」。近指後綴
是-i，如果主事者是第三人稱單數則是-a。遠指後綴是-aki，
早期形式是*aken。何以及物動詞要加後綴，是一個有趣

的問題。

馬來語在形式上分別一個動詞的「主動」和「被動」。主動加前綴 meN-，被動加前綴 di-。meN-中大寫的 N，代表與詞幹第一個輔音位置相同的鼻音。同時不分主動、被動，如果所接的賓語具有「處所」的格位，動詞詞幹要加-i 後綴；如果所接的賓語具有「工具」的格位，動詞詞幹要加-kan 後綴。何以會有這些形式上的分別，也頗令人玩味。

菲律賓的薩馬力諾語沒有動詞詞幹上明顯的主動和被動的分別，但是如果賓語帶有「受事」、「處所」、「工具」的格位，在被動式中動詞就要分別接上-a、-i、和-ʔi 的後綴，在主動式中則不必。為什麼被動式要加後綴而主動式不必、又為什麼後綴的分別恰好是這三種格位，也都值得一再追問。

斐濟、馬來、薩馬力諾都沒有焦點系統的「動詞曲折」與「格位呼應」。但是如果把它們上述的表現方式和排灣語的焦點系統擺在一起—也就是表 0.4—來看，這些表現法的來龍去脈也就一目瞭然。

表 0.4 焦點系統的演化

焦點類型	排灣語					薩馬力諾語		馬來語		斐濟語
	動詞詞綴	格 位 標 記				主動	被動	主動	被動	主動
		主格	受格	處所格	工具格					
主事焦點	-əm-	a	ta	i	ta	-ø		meN-		-ø
受事焦點	-ən	na	a	i	ta		直接被動 -a		di-	
處所焦點	-an	na	ta	a	ta		處所被動 -i	及物 -i	及物 -i	及物近指 -i/-a
工具焦點	si-	na	ta	i	a		工具被動 -ʔi	及物 -kan	及物 -kan	及物遠指 -aki (<*aken)

孤立地看，薩馬力諾語爲什麼要區別三種「被動」，很難理解。但是上文曾經指出：排灣語的四種焦點句原可分成「主事焦點」和「非主事焦點」兩類，「非主事焦點」包含「受事」、「處所」、「工具」三種焦點句。兩相比較，我們立刻發現：薩馬力諾語的三種「被動」，正好對應排灣語的三種「非主事焦點」；三種「被動」的後綴與排灣語格位標記的淵源關係也呼之欲出。馬來語一個動詞有不同的主動前綴和被動前綴，因此是比薩馬力諾語更能明顯表

現主動／被動的語法範疇的語言。很顯然，馬來語的及物後綴與薩馬力諾語被動句的後綴有相近的來源。斐濟語在「焦點」或「主動／被動」的形式上，無疑是大為簡化了；格位標記的功能也發生了轉變。但是疆界雖泯，遺跡猶存。斐濟語一定是在薩馬力諾語、馬來語的基礎上繼續演化的結果；她的及物動詞所以要加後綴、以及所加恰好不是其他的形式，實在其來有自。

表 0.4 反映的演化方向，一定是：「焦點」＞「主動／被動」＞「及物／不及物」。因為許多語法特徵只能因併繁而趨簡，卻無法反其道無中生有。這個道理，在上文談音韻現象時已經說明過了。因此「焦點系統」是南島語的早期特徵。台灣南島語之具有「焦點系統」，是一種語言學上的「存古」，顯示台灣南島語之古老。

由於台灣南島語保存了早期南島語的特徵，她在整個南島語中地位的重要，也就不言可喻。事實上幾乎所有的南島語學者都同意：台灣南島語在南島語的族譜排行上，位置最高，最接近始祖—也就是「原始南島語」。有爭議的只是：台灣的南島語言究竟整個是一個分支，還是應該分成幾個平行的分支。主張台灣的南島語言整個是一個分支的，可以稱為「台灣語假說」。這個假說認為，所有在台灣的南島語言都是來自一個相同的祖先：「原始台灣語」。原始台灣語與菲律賓、馬來、印尼等語言又來自同一個「原始西部語」。原始西部語，則是原始南島語的兩

大分支之一;在這以東的太平洋地區的語言,則是另一分支。這個假說,並沒有正確的表現出台灣南島語的存古特質,同時也過分簡單地認定台灣南島語只有一個來源。

替語言族譜排序,語言學家稱為「分群」。分群最重要的標準,是有沒有語言上的「創新」。一群有共同創新的語言,來自一個共同的祖先,形成一個家族中的分支;反之則否。我們在上文屢次提到台灣南島語的特質,乃是「存古」,而非創新。在另一方面,「台灣語假說」所提出的證據,如「*ś或*h 音換位」或一些同源詞,不是反被證明為台灣以外語言的創新,就是存有爭議。因此「台灣語假說」是否能夠成立,深受學者質疑。

現在我們逐漸了解到,台灣地區的原住民社會,並不是一次移民就形成的。台灣的南島語言也有不同的時間層次。但是由於共處一地的時間已經很長,彼此的接觸也不可避免的形成了一些共通的相似處。當然,這種因接觸而產生的共通點,性質上是和語言發生學上的共同創新完全不同的。

比較謹慎的看法認為:台灣地區的南島語,本來就屬不同的分支,各自都來自原始南島語;反而是台灣以外的南島語都有上文所舉的音韻或句法上各種「簡化」的創新,應該合成一支。台灣地區的南島語,最少應該分成「泰雅群」、「鄒群」、「排灣群」三支,而台灣以外的一大支則稱為「馬玻語支」。依據這種主張所畫出來的南島語的族譜,

就是圖 1。

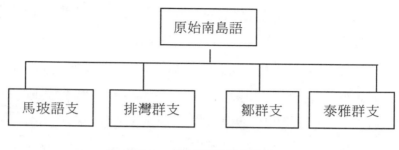

圖 1　南島語分群圖

　　與語族分支密切相關的一項課題，就是原始語言的復原。在台灣南島語的存古特質沒有被充分理解之前，原始南島語的復原，只能利用簡化後的語言的資料，其結果之缺乏解釋力可想而知。由於台灣南島語在保存早期特徵上的關鍵地位，利用台灣南島語建構出來的原始南島語的面貌，可信度就高的多。

　　我們認為：原始南島語是一個具有類似上文所介紹的「焦點系統」的語言，她有 i、u、ə、a 四個元音，和表 0.5 中的那些輔音。她的成詞形態，以及可復原的同源詞有表 0.6 中的那些。

表 0.5 原始南島語的輔音

		雙唇	舌尖	捲舌	舌面	舌根	小舌/喉
塞音	清	p	t	ṭ	t́	k	q
	濁	b	d	ḍ	d́		
塞擦音	清		c				
	濁		j				
擦音	清		s		ś	x	h
	濁		z		ź		ɦ
鼻音					ń	ŋ	
邊音			l		ĺ		
顫音			r				
滑音		w			y		

表 0.6 原始南島語同源詞

	語　義	原始南島語	原始泰雅群語	原始排灣語	原始鄒群語
1	above 上面	*babaw	*babaw	*vavaw	*-vavawu
2	alive 活的	*qujip		*pa-quzip	*-ʔ₂učípi
3*	ashes 灰	*qabu	*qabu-liq	*qavu	* (ʔ₂avuʔ₄u)
4**	back 背；背後	*likuj		*likuz	* (liku[cřč])
5	bamboo 竹子	*qaug		*qau	*ʔ₁aúru
6*	bark; skin 皮	*kulic		*kulic	*kulíci
7*	bite 咬	*kagac	*k-um-agac	*k-əm-ac	*k₁-um-áracə

8*	blood 血	*daga[]	*daga?	*ɖaq	*cará?₁ə
9*	bone 骨頭	*cuqəlaɬ		*cuqəlaɬ	*cu?úlaɬə
10	bow 弓	*buɬug	*buhug		*vusúru
11*	breast 乳房	*zuzuh	*nunuh	*tutu	*θuθu
12**	child 小孩	*aɬak		*aɬak	*-aɬákə
13	dark; dim 暗	*jəmjəm		*zəmzəm	*čəməčəmə
14	die; kill 死；殺	*macay		*macay *pa-pacay	*macáyi *pacáyi
15**	dig 挖	*kaliɦ	*kari?	*k-əm-ali	*ʵkaliɦi
16	dove; pigeon 鴿子	*punay		*punay	*punáyi
17*	ear 耳朵	*caliŋaɦ	*caŋira?	*caljŋa	*calíŋaɦa
18*	eat 吃	*kan	*kan	*k-əm-an	*k₁-um-ánə
19	eel 河鰻	*tuɬa	*tula-qig	*tuɬa	
20	eight 八	*walu		*alu (不規則，應為 valu)	*wálu
21	elbow 手肘	*śikuɦ	*hiku?	*siku	
22	excrement 糞	*ʈaqi	*quti?	*caqi	*tá?₃i
23*	eye 眼睛	*maca		*maca	*macá
24	face; forehead 臉；額頭	*daqis	*daqis	*ɖaqis	
25	fly 蒼蠅	*laŋaw	*raŋaw	*la-laŋaw	
26	farm; field 田	*qumaɦ		*quma	*?₂úmáɦia

27**	father 父親	*amafi		*k-ama	*ámafia
28*	fire 火	*śapuy	*hapuy	*sapuy	*apúžu
29**	five 五	*lima	*rimaʔ	*lima	*líma
30**	flow; adrift 漂流	*qańud	*qaluic	*sə-qaɬud	*-ʔ₂añúču
31**	four 四	*səpat	*səpat	*səpaɬ	*Sə́pátə
32	gall 膽	*qapədu		*qapədu	*paʔ₁azu
33*	give 給	*bəgay	*bəgay	*pa-vai	
34	heat 的	*jaŋjaŋ		*zaŋzaŋ	*čaŋəčaŋə
35*	horn 角	*təquŋ		*təquŋ	*suʔ₁úŋu
36	house 子	*gumaq		*umaq	*rumáʔ₁ə
37	how many 多少	*pidafi	*piǵaʔ	*pida	*píafia
38*	I 我	*(a)ku	*-akuʔ	*ku-	*-aku
39	lay mats 鋪蓆子	*sapag	*s-m-apag		*S-um-áparə
40	leak 漏	*tujiq	*tuduq	*t-əm-uzuq	*tučúʔ₂₃₄
41**	left 左	*wiri[]	*ʔiril	*ka-viri	*wírífii
42*	liver 肝	*qacay		*qacay	*ʔ₁₄acayi
43*	(head)louse 頭蝨	*kucufi	*kucuʔ	*kucu	*kúcúfiu
44	moan; chirp 低吟	*jagiŋ		*z-əm-aiŋ	*-čaríŋi
45*	moon 月亮	*bulaɬ	*bural		*vuláɬə
46	mortar 臼	*lutuŋ	*luhuŋ		*ɬusuŋu
47**	mother 母親	*-inafi		*k-ina	*inafia
48*	name 名字	*ŋaɖan		*ŋadan	*ŋázánə
49	needle 針	*dagum	*dagum	*ɖaum	

50*	new 新的	*baqufi		*vaqu-an	*vaʔ₂órufiu
51	nine 九	*siwa		*siva	*θiwa
52*	one 一	*-ta		*ita	*cáni
53	pandanus 露兜樹	*paŋudań	*paŋdan	*paŋudạl	
54	peck 啄；喙	*tuktuk	*[ʔg]-um-atuk	*t-əm-uktuk	*-tukútúku
55*	person 人	*caw		*cawcaw	*cáw
56	pestle 杵	*qasəlufi	*qasəruʔ	*qasəlu	
57	point to 指	*tuduq	*tuduq	*t-al-uđuq-an	
58*	rain 雨	*quđal		*quđal	*ʔ₂účałə
59	rat 田鼠	*labaw		*ku-lavaw	*laváwu
60	rattan 藤	*quay	*quway	*quway	*ʔ₃úáyi
61	raw 生的	*mataq	*mataq	*mataq	*mátaʔ₁ə
62	rice 稻	*pađay	*paǵay	*paday	*pázáyi
63	(husked) rice 米	*bugat	*buwax	*vat	* (vərasə)
64*	road 路	*dalan	*daran	*đalan	*čálánə
65	roast 烤	*cułufi		*c-əm-ułu	*-cúłufiu
66**	rope 繩子	*talis		*calis	*talíSi
67	seaward 面海的	*lafiuj		*i-lauz	*-láfiúcu
68*	see 看	*kita	*kitaʔ		*-kíta
69	seek 尋找	*kigim		*k-əm-im	*k-um-írimi
70	seven 七	*pitu	*ma-pituʔ	*pitu	*pítu
71**	sew 縫	*taqiś	*c-um-aqis	*c-əm-aqis	*t-um-áʔ₃iθi

72	shoot; arrow 射；箭	*panaq		*panaq	*-páná?₂ə
73	six 六	*unəm		*unəm	*ənə́mə
74	sprout; grow 發芽；生長	*cəbuq		*c-əm-uvuq	*c-um-ə́vərə (不規則,應為 c-um-ə́və?ə)
75	stomach 胃	*bicuka		*vicuka	*civúka
76*	stone 石頭	*batuɦi	*batu-nux (-?<-ɦi因接-nux 而省去)		*vátuɦiu
77	sugarcane 甘蔗	*təvus		*təvus	*tə́vəSə
78*	swim 游	*laŋuy	*l-um-aŋuy	*l-əm-aŋuy	*-laŋúžu
79	taboo 禁忌	*palisi		*palisi	*palíθI-ā (不規則，應為 palíSi-ā)
80**	thin 薄的	*łiśipis	*hlipis		*łípisi
81*	this 這個	*(i)niɦi	*ni		*iniɦi
82*	thou 你	*su	*?isu?	*su-	*Su
83	thread 線；穿線	*ciśug	*l-um-uhug	*c-əm-usu	*-cúuru
84**	three 三	*təlu	*təru?	*təlu	*túlu
85*	tree 樹	*kaśuy	*kahuy	*kasiw	*káiwu
86*	two 二	*ḍusa	*dusa?	*ḍusa	*řúSa
87	vein 筋；血管	*ɦagac	*?ugac	*ruac	*ɦurácə
88*	vomit 嘔吐	*mutaq	*mutaq	*mutaq	

89	wait 等	*taga[gɦ]	*t-um-aga?		*t-um-átara
90**	wash 洗	*sinaw		*s-əm-ənaw	*-Sináwu
91*	water 水	*jalum		*zalum	*čałúmu
92*	we (inclusive)咱們	*ita	*?ita?		* (-ita)
93	weave 編織	*tinun	*t-um-inun	*t-əm-ənun	
94	weep 哭泣	*ʈaŋit	*laŋis, ŋilis	*c-əm-aŋit	*t-um-áŋisi
95	yawn 打呵欠	*-suab	*ma-suwab	*mə-suaw	

　　對於這裡所列的同源詞，我們願意再作兩點補充說明。第一，從內容上看，這些同源詞大體涵蓋了一個初民社會的各個方面，符合自然和常用的原則。各詞編號之後帶'*'號的，屬於語言學家界定的一百基本詞彙；帶'**'號的，屬兩百基本詞彙。帶'*'號的，有32個，帶'**'號的，有15個，總共是47個，佔了95同源詞的一半；可以說明這一點。進一步觀察這95個詞，我們可以看到「竹子、甘蔗、藤、露兜樹」等植物，「田鼠、河鰻、蒼蠅」等動物，有「稻、米、田、杵臼」等與稻作有關的文化，有「針、線、編織、鋪蓆子」等與紡織有關的器具與活動，有「弓、箭」可以禦敵行獵，有「一」到「九」的完整的數詞用以計數，並且有「面海」這樣的方位詞。但是另一方面，這裡沒有巨獸、喬木、舟船、颱風、地震、火山和魚類的名字。這些同源詞所反映出來的生態環境和文化特徵，在解答南島族起源地的問題上，無疑會提供相當大的助益。

第二，從數量上觀察，泰雅、排灣、鄒三群共有詞一共 34 個，超過三分之一，肯定了三群的緊密關係。在剩下的61個兩群共有詞之中，排灣群與鄒群共有詞為39個；而排灣群與泰雅群共有詞為 12 個，鄒群與泰雅群共有詞為 10 個。這說明了三者之中，排灣群與鄒群比較接近，而泰雅群的獨立發展歷史比較長。

四、台灣南島語的分群

在以往的文獻之中，我們常將台灣原住民中的泰雅、布農、鄒、沙阿魯阿、卡那卡那富、魯凱、排灣、卑南、阿美和蘭嶼的達悟（雅美）等族稱為「高山族」，噶瑪蘭、凱達格蘭、道卡斯、賽夏、邵、巴則海、貓霧栜、巴玻拉、洪雅、西拉雅等族稱為「平埔族」。雖然用了地理上的名詞，這種分類的依據，其實是「漢化」的深淺。漢化深的是平埔族，淺的是高山族。「高山」、「平埔」之分並沒有語言學上的意義。唯一可說的是，平埔族由於漢化深，她們的語言也消失的快。大部分的平埔族語言，現在已經沒有人會說了。台灣南島語言的分布，請參看地圖 2（附於本章參考書目後）。

不過本章所提的「台灣南島語」，也只是一個籠統的說法，而且地理學的含意大過語言學。那是因為到目前為

止，我們還找不出一種語言學的特徵是所有台灣地區的南島語共有的，尤其是創新的特徵。即使就存古而論，第三節所舉的音韻和句法的特徵，就不乏若干例外。常見的情形是：某些語言共有一些存古或創新，另一些則共有其他的存古或創新，而且彼此常常交錯；依據不同的創新，可以串成結果互異的語言群。這種現象顯示：（一）台灣南島語不屬於一個單一的語群；（二）台灣的南島語彼此接觸、影響的程度很深；（三）根據「分歧地即起源地」的理論，台灣可能就是南島語的「原鄉」所在。

要是拿台灣南島語和「馬玻語支」來比較，我們倒可以立刻辨認出兩條極重要的音韻創新。這兩條音韻創新，就是第三節提到的原始南島語「*c：*t」、「*î：*n」在馬玻語支中的分別合併為「t」和「n」。從馬玻語言的普遍反映推論，這種合併可以用「*c＞*t」和「*î＞*n」的規律形式來表示。

拿這兩條演變規律來衡量台灣南島語，我們發現確實也有一些語言，如布農、噶瑪蘭、阿美、西拉雅，發生過同樣的變化；而且這種變化還有很明顯的蘊涵關係：即凡合併*n與*î的語言，也必定合併*t與*c。這種蘊涵關係，幫助我們確定兩種規律在同一群語言（布農、噶瑪蘭）中產生影響的先後。我們因此可以區別兩種演變階段：

表 0.7 兩種音韻創新的演變階段

階段	規律	影 響 語 言
I	*c＞*t	布農、噶瑪蘭、阿美、西拉雅
II	*ĺ＞*n	布農、噶瑪蘭

其中*c＞*t 之先於*ĺ＞*n，理由至為明顯。因為不這樣解釋的話，阿美、西拉雅也將出現*ĺ＞*n 的痕跡，而這是與事實不符的。

由於原始南島語「*c：*t」、「*ĺ：*n」的分別的獨特性，它們的合併所引起的結構改變，可以作為分群創新的第一條標準。我們因此可將布農、噶瑪蘭、阿美、西拉雅為一群，她們都有過*c＞*t 的變化。在布農、噶瑪蘭、阿美、西拉雅這群之中，布農、噶瑪蘭又發生了*ĺ＞*n 的創新，而又自成一個新群。台灣以外的南島語都經歷過這兩階段的變化，也應當源自這個新群。

原始南島語中三類舌尖濁塞音、濁塞擦音*d、*ḍ、*j（包括*z）的區別，在大部分的馬玻語支語言中，也都起了變化，因此也一定是值得回過頭來觀察台灣南島語的參考標準。台灣南島語對這些音的或分或合，差異很大。歸納起來，有五種類型：

表 0.8 原始南島語中舌尖濁塞音、濁塞擦音之五種演變類型

類型	規律	影響語言
I	*d≠*ɖ≠*j	排灣、魯凱(霧台方言、茂林方言)、道卡斯、貓霧棟、巴玻拉
II	*d=*ɖ=*j	鄒、卡那卡那富、魯凱(萬山方言)、噶瑪蘭、邵
III	*ɖ=*j	沙阿魯阿、布農(郡社方言)、阿美(磯崎方言)
IV	*d=*j	卑南
V	*d=*ɖ	泰雅、賽夏、巴則海、布農(卓社方言)、阿美(台東方言)

　　這一組變化持續的時間可能很長,理由是一些相同語言的不同方言有不同類型的演變。假如這些演變發生在這些語言的早期,其所造成的結構上的差異,必然已經產生許多連帶的影響,使方言早已分化成不同的語言。像布農的兩種方言、阿美的兩種方言,至今並不覺得彼此不可互通,可見影響僅及於結構之淺層。道卡斯、貓霧棟、巴玻拉、洪雅、西拉雅等語的情形亦然。這些平埔族的語料記錄於 1930、1940 年代。雖然各有變異,受訪者均以同一語名相舉認,等於承認彼此可以互通。就上述這些語言而論,這一組變化發生的年代必定相當晚。同時由於各方言所採規律類型不同,似乎也顯示這些變化並非衍自內部單一的來源,而是不同外來因素個別影響的結果。

　　類型 II 蘊涵了類型 III、IV、V,就規律史的角度而言,年代最晚。歷史語言學的經驗也告訴我們,最大程度

的類的合併，往往反映了最大程度的語言的接觸與融合。
因此類型 III、IV、V 應當是這一組演變的最初三種原型，
而類型 II 則是在三種原型流佈之後的新融合。三種原型
孰先孰後，已不易考究。不過運用規律史的方法，三種舌
尖濁塞音、塞擦音的演變，可分成三個階段：

表 0.9 舌尖濁塞音、濁塞擦音演變之三個階段

階段	規律	影響語言
I	*d≠*ɖ≠*j	排灣、魯凱(霧台方言、茂林方言)、道卡斯、貓霧楝、巴玻拉
II	3. *ɖ=*j	沙阿魯阿、布農(郡社方言)、阿美(磯崎方言)
	4. *d = *j	卑南
	5. *d = *ɖ	泰雅、賽夏、巴則海、布農(卓社方言)、阿美(台東方言)
III	2. *d = *ɖ= *j	鄒、卡那卡那富、魯凱(萬山方言)、噶瑪蘭、邵

不同的語言，甚至相同語言的不同方言，經歷的階
段並不一樣。有的仍保留三分，處在第一階段；有的已推
進到第三階段。第一階段只是存古，第三階段爲接觸的結
果，都不足以論斷語言的親疏。能作爲分群的創新依據的，
只有第二階段的三種規律。不過這三種規律的分群效力，
卻並不適用於布農和阿美。因爲布農和阿美進入這一階段
很晚，晚於各自成爲獨立語言之後。

運用相同的方法對台灣南島語的其他音韻演變作過

類似的分析之後，可以得出圖 2 這樣的分群結果：

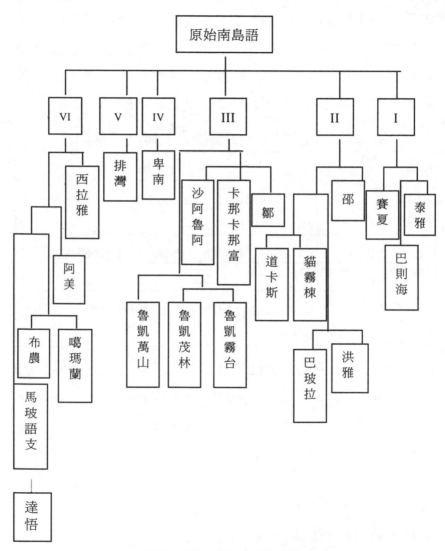

圖 2 台灣南島語分群圖

　　圖 2 比圖 1 的分群更爲具體，顯示學者們對台灣南島語的認識日漸深入。不過仍有許多問題尚未解決。首先是六群之間是否還有合併的可能，其次是定爲一群的次群之間的層序關係是否需要再作調整。因爲有這些問題還沒有解決，圖 2 仍然只是一個暫時性的主張，也因此我們不對六群命名，以爲將來的修正，預作保留。

五、小結

　　台灣原住民所說的，是來自一個分布廣大的語言家族中最爲古老的語言。這些語言，無論在語言的演化史上、或在語言的類型學上，都是無比的珍貴。但是這些語言的處境，卻和台灣許多珍貴的物種一樣，正在快速的消失之中。我們應該爲不知珍惜這些可寶貴的資產，而感到羞慚。如果了解到維持物種多樣性的重要，我們就同樣不能坐視語言生態的日漸凋敝。這一套叢書的作者們，在各自負責的專書裡，對台灣南島語的語言現象，作了充分而詳盡的描述。如果他們的努力和熱忱，能夠引起大家的重視和投入，那麼作爲台灣語言生態重建的一小步，終將積跬致遠，芳華載途。請讓我們一同期待。

叢書導論之參考書目

何大安

　1999　　《南島語概論》。待刊稿。

李壬癸

　1997a　《台灣南島民族的族群與遷徙》。台北：常民
　　　　　文化公司。

　1997b　《台灣平埔族的歷史與互動》。台北：常民文
　　　　　化公司。

Blust, Robert (白樂思)

　1977　The　Proto-Austronesian　pronouns　and
　　　　Austronesian subgrouping: a preliminary report.
　　　　Working Papers in Linguistics 9.2: 1-15.
　　　　Honolulu: University of Hawaii.

Li, Paul Jen-kuei (李壬癸)

　1981　Reconstruction of Proto-Atayalic phonology.
　　　　Bulletin of the Institute of History and Philology
　　　　52.2: 235-301.

　1995　Formosan vs. non-Formosan features in some
　　　　Austronesian languages in Taiwan. In Paul Jen-
　　　　kuei Li, Cheng-hwa Tsang, Ying-kuei Huang,
　　　　Dah-an Ho, and Chiu-yu Tseng (eds.)
　　　　Austronesian Studies Relating to Taiwan, pp.

651-682. Symposium Series of the Institute of History and Philology Academia Sinica No. 3. Taipei: Academia Sinica.

Mei, Kuang (梅廣)

1982　Pronouns and verb inflection in Kanakanavu. *Tsing Hua Journal of Chinese Studies, New Series*, 14: 207-252.

Tsuchida, Shigeru (土田滋)

1976　Reconstruction of Proto-Tsouic Phonology. *Study of Languages & Cultures of Asia & Africa Monograph Series* No. 5. Tokyo: Gaikokugo Daigaku.

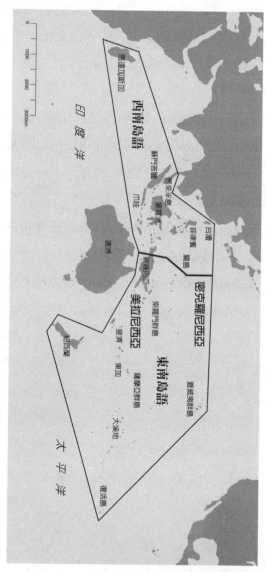

地圖 1　南島語族的地理分布

來源：*The New Encyclopaedia Britannica*（1992）第22冊755頁（重繪）

平埔族

A	凱達格蘭	Ketagalan
A¹		馬賽 Basai
A²		雷朗 Luilang
A³		Trobiawan
B	噶瑪蘭	Kavalan
C	道卡斯	Taokas
D	巴則海	Pazeh
E	巴布拉	Papora
F	貓霧捒	Babuza
G	和安雅	Hoanya
G¹		Lloa
G²		Arikun
H	邵（水沙連）	Thao
I	西拉雅	Siraya
I¹		Siraya
I²		Taivoran
I³		Makato
J	猴猴	Qauqaut

高山族

a	泰雅	Atayal
b	賽夏	Saisiyat
c	布農	Bunun
d	鄒	Tsou
e	魯凱	Rukai
f	排灣	Paiwan
g	卑南	Puyuma
h	阿美	Ami
i	雅美	Yami

地圖 2　台灣南島語言的分布

來源：李壬癸（1996）

附件

南島語言中英文對照表

【中文】	【英文】
大洋語	Oceanic languages
巴則海語	Pazeh
巴玻拉語	Papora
加本語	Jabem
卡那卡那富語	Kanakanavu
古戴	Kuthi 或 Kutai
布農語	Bunun
多羅摩	Taruma
西拉雅語	Siraya
沙阿魯阿語	Saaroa
卑南語	Puyuma
邵語	Thao
阿美語	Amis
南島語族	Austronesian language family
洪雅語	Hoanya

【中文】	【英文】
原始台灣語	Proto-Formosan
原始西部語	Proto-Hesperonesian
原始泰雅群語	Proto-Atayal
原始排灣語	Proto-Paiwan
原始鄒群語	Proto-Tsou
泰雅群支	Atayalic subgroup
泰雅語	Atayal
馬來語	Malay
馬玻語支	Malayo-Polynesian subgroup
排灣群支	Paiwanic subgroup
排灣語	Paiwan
凱達格蘭語	Ketagalan
斐濟語	Fiji
猴猴語	Qauqaut
跋羅婆	Pallawa
塔加洛語	Tagalog
道卡斯語	Taokas
達悟(雅美)語	Yami
鄒群支	Tsouic subgroup
鄒語	Tsou
魯凱語	Rukai

【中文】	【英文】
噶瑪蘭語	Kavalan
貓霧楝語	Babuza
賽夏語	Saisiyat
薩馬力諾語	Samareno

第*1*章

導論

一、雅美語的分佈與現況

　　雅美語是蘭嶼島上使用的語言。蘭嶼島是台灣離島之一，位於台灣台東市東部外49英里太平洋上的海島，行政上屬台灣。蘭嶼島上共有六個村落，從東到西包括：漁人、東清、野銀、椰油、朗島、紅頭。目前島上人口約有四千人，主要的語言是雅美語，但是年輕一代使用雅美語的能力已大爲降低（有關雅美語能力的調查見何 1995, 1997）。每個村落語言的差異不大，據調查除了朗島部落在語彙和音韻上和其他部落有不同外，大致都沒有太大的差別。這冊書上所描述的雅美語（又稱達悟語）主要根據清華大學何月玲的碩士論文，再加上民國八十四至八十六年由國科會專題研究調查得來的語料。何月玲論文中主要發音人爲東清村的黃杜混先生，及漁人村的董瑪女小姐；

國科會專題研究的語料主要發音人爲漁人村的董美妹小姐；此外朗島村的王榮基先生對較爲複雜的句型提供了許多寶貴的意見。在此謝謝發音人對本報告所提供的語料。

蘭嶼島隸屬台灣，因此島上使用的雅美語常被誤認是屬台灣南島語言的一支。Asai 在 1936 年的研究，比較雅美語、巴丹語言及一些台灣南島語中的語詞及詞綴，證明了雅美語較接近巴丹語族而非台灣山地南島語族。李壬癸教授 1973 年的研究也印證了雅美語的地位不屬台灣南島山地語族。就語族關係而言，毫無疑問的雅美語是屬巴丹語族。巴丹語分布在台灣和呂宋島之間。巴丹語一般被認爲是屬菲律賓語族。

二、本書內容概述

本書將就雅美語的音韻、辭彙、及句法三方面來描述雅美語。第二章涵蓋語音系統、音韻規則、音節結構；第三章討論詞的分類及構詞方法；第四章則是描述句法現象。第五章是由董美妹小姐所提供的長篇語料；第六章是雅美語基本詞彙。書後並附有參考書目及專有名詞解釋。

第*2*章

雅美語的音韻結構

　　本章討論的是雅美語的音韻結構，這可由語音系統，音韻規則和音節結構等三方面來討論。

一、語音系統

　　雅美語的語音系統中共有二十個輔音，四個元音。語音系統以圖表表示。表中及文中使用的標音符號是依據教育部委託中央研究院李壬癸教授所編著，『台灣南島語言的語音符號系統』一書中的雅美語音韻系統加以修改而成的。

表 2.1 雅美語的語音系統

[輔音]

		唇音	齒齦	捲舌	硬顎	舌根	小舌	喉音
塞音	清	p	t			k		?
	濁	b		d		g		
擦音	清			s				
	濁	v		z				
塞擦音	清				c		h	
	濁				j			
鼻音		m	n			ng		
半元音		w			y			
邊音			l					
顫音			r					

[元音]

	前	央	後
高	i		u
中		e	
低			a

　　雅美語的輔音中塞音 /p,t,k/ /b,d,g/均不送氣，但是有清濁（無聲及有聲）之分。語言中沒有有聲的齒齦塞音，因此用 /d/ /s/ /z/ 三個符號代表三個捲舌音。/d/ 為捲舌

的有聲塞音，其發音部位在齒齦音之後。/s/ 是捲舌無聲擦音，/z/ 是捲舌有聲擦音[1]。

　　唇齒擦音沒有清音，只有一個有聲的擦音 /v/。年紀較長的發音人仍發有聲擦音，但是年輕一代則發成無聲擦音 /f/（李，何 1989）。

　　鼻音有 /m,n,ng/，其中 /ng/ 是舌根鼻音 [ŋ]。/h/是小舌無聲擦音，/r/ 是齒齦顫音[2]。/?/ 表喉塞音 [ʔ]。

　　/v/, /z/, /c/, /j/等音不會出現在音節末；/r/，/?/ 不會出現在音節前。

　　四個元音均可出現在字首、字中、和字尾，其中 /e/ 表中元音 [ə]。

　　以下是含有上述音的詞例。除了/v/, /z/, /c/, /j/ 等音不會出現在音節末，/r/, /?/ 不會出現在音節前外，所有的音都能自由出現。

表 2.2 雅美語輔音及元音的分佈

[輔音]

輔音	字首		字中		字尾	
/p/	panai	碗	apu	村子	ahap	拿，取
/t/	tamu	我們	kadai	小米	puyat	眼屎
/d/	du	處所格	apdu	膽	utud	膝
/k/	kaka	哥哥	kanakan	小孩子	mabcik	石灰
/?/	--		--		mitke?	睡
/b/	bubuh	毛	bakbak	打	arteb	木炭

---

[1].蘭嶼當地人以/r/來標示捲舌有聲擦音。

[2].蘭嶼當地人以 /z/ 來標示顫音。

/g/	gawud	老籐	magulang	瘦	alag	禁忌
/v/	vatek	刻畫，字	vivi	嘴唇	--	
/s/	siku	手肘	asa	一	akes	祖母
/z/	zukap	手心	wazi	弟弟妹妹	--	
/c/	cita	看	panci	講，說	--	
/h/	--		vahai	房子	vineveh	香蕉
/j/	ja	不	akjit	乾	--	
/m/	mangdai	天天	tumi	髮夾	inum	喝
/n/	namen	我們	sinu	誰	kanen	飯
/ng/	ngepen	牙齒	mangai	走，去	amung	魚
/w/	wawa	海	tawur	心	awaw	忘記
/y/	yama	爸爸	miyup	喝湯	yucuy	蛋
/l/	lima	五，手	vulai	蛇	tulul	瘤
/r/	reryak	說話	turatura	蛙	taur	心臟

[元音]

元音	字首		字中		字尾	
/i/	ina	媽媽	tumid	下巴	wakai	地瓜
/e/	etek	腦	paluen	打	zazakeh	老人
/u/	uvan	白髮	kuman	吃	tanuzu	手指
/a/	avias	掃	mumudan	鼻子	kura	貓

二、音韻規則

　　音和音結合時會對鄰近的音產生變化。語言都會有這種音韻變化，而變化的原則也不外乎同化、顎化、語音脫落、語音插入等現象。下面就上列的音韻變化逐一舉例說明。

同化

　　同化是指相連的兩個音互相影響而變得更爲相近。同化使得鄰近兩個音的發音部位或是發音方式相似。

（1）無聲舌根塞音 /k/ 出現在低元音 /a/ 之前或是之後，會發無聲小舌塞音 [q]。出現在其他語境則仍發 [k]。

例：

/kanakan/ --> [qanaqan] '小孩子'

/kuman/ --> [kuman] 　　'吃'

（2）低元音 /a/ 提升爲中元音

低元音 /a/ 受後面高元音（或半元音）的影響，會發成中元音/e/。這條規則是方言音的差異。朗島 /au/ 的音會發成 /eu/ 。如下例：

/saud/ + /en/ --> [seuden] 　　'撚線，織網袋'

/pantau/ --> 　　　[panteu] 　　'外頭，外面'

（3）鼻音同化

鼻音會因後接的音而產生同化現象。齒齦鼻音 /n/ 會因後接的唇音而變成雙唇鼻音 /m/，因後接的舌根音而變成舌根鼻音 /ng/。

/n/ 　–> 　　　[m] / ___ [+labial]

　　　　　　　[ng] / ___[+velar]

顎化

事實上顎化也是一種同化的現象，只是顎化現象都是受到高元音 /i/ 、半元音 /y/ 、或是硬顎音 /c/, /j/ 影響。高元音、半元音、硬顎音的發音部位都是舌面接近硬顎而稱為顎化。

（１）齒齦鼻音 /n/ 及無聲捲舌擦音 /s/ 出現在高元音 /i/ 或半元音 /y/ 前，有顎化的現象。

例：

/nirpi/ --> [ɲirpi]　　‘錢’

/siku/ --> [ciku]　　‘手肘’

（２）/t/ /d/ 顎化

塞音 /t/ /d/ 受後頭高元音 /i/ 的影響，成為顎化音 /c/ /j/。顎化現象通常只出現於詞素內。這條規則有時會出現自由變體的現象，也就是說塞音後接高元音時，有顎化及沒有顎化的詞都能使用。下面是有顎化的例子：

顎化現象出現在詞素內：

t-um-inum　cinum-i　　　‘織’

t-um-iwag　ciwag-i　　　‘轉，改變方向’

標示地點的格符號有 du 及 ji，就是顎化的現象。以下的例子中高元音是屬另一詞素，塞音沒有顎化現象。

rakat + i --> 　[rakati] 　　'殺'

tuzatud + i --> 　[tuzatudi] 　　'坐下'

但是以下的例子，高元音屬另一詞素，塞音有顎化
及不顎化的現象同時存在：

palit + i --> [palici]/[paliti] 　　'改變，換'

apid 　+ i --> [apiji]/[apidi] 　　'背在背上'

語音脫落

　　語音脫落是指語音在結合時因為有同音連續或是連續
輔音的現象，為了發音的方便而脫落其中的一個音。有下
面的兩種例子：

（1）同音脫落

　　　兩個相同的音連續出現，而且這兩個音是分屬不同
　　　的詞時，其中的一個音會脫落。下例兩個分屬不同
　　　詞的 /a/ 及 /k/ 音各脫落了一個。

　　　/asa ka anak/ --> [asa kanak]

　　　一個孩子

　　　/manuk ku/ --> 　[manuku]

　　　我的雞

（2）連續輔音簡化

　　　雅美語在同一音節中沒有連續輔音的現象，在加了前綴詞後，若有連續輔音時，後一個輔音會脫落。輔音簡化的現象是在有詞素的界限才會發生。

　　　pan + bakbak --> pambakbak --> pamakbak　‘打’

　　　pan- + telem　--> pan+telem -->　　panelem　‘跳’

　　　pan- + zutung --> panutung　　‘用…做飯’

　　　babak ‘打’ 加上表工具的前綴詞 pan- 後，先有鼻音同化，再經過輔音簡化，成為 pamakbak。

語音插入

　　　語音插入是指兩個音相連後，因為發音部位的不同，在兩個音中間插入半元音。高元音 /i/ 和 /u/ 之後，若接有低元音 /a/，半元音 /y/ 及 /w/ 會分別出現在兩個元音之間就是一例。

　　　/apia/ --> [apiya]　　‘好’

　　　/atua/ --> [atuwa]　　‘月經’

語音簡化

　　　語音簡化是指兩個元音相連，前面的是高元音而後面的是低元音，高元音會簡化成半元音現象。例：

ya　　　　na-ipanutung nu　　　ina-na　　u

[現在　　代詞-做飯　　屬格　　媽媽-他　主格

anak-na su　kanen.

孩子-他　受格　飯]

'孩子的媽媽替孩子做飯。'

例句中的 nu ina 和 u anak 中的元音 /u/ 簡化成 /w/：

　　　/nu ina/ --> [nwina]

　　　/u anak/ --> [wanak]

　　　同樣的，高元音前有低元音，之後有輔音，高元音

　　　也會變成半元音，如下例：

　　　/manzait/　　　>　　[zayt-en]　　'縫'

　　　/mansauy/　　　>　　[sawy-en]　　'脫逃'

三、音節結構

　　雅美語的音節結構是以元音為核心，再加上前後可能
有的輔音或輔音群。音節結構規則如下：

　　（C）V（G）V（C）

C 代表非音節性輔音，G 指半元音 /y/ /w/，V 是元音。

　　雅美語的音節尾只能有一個輔音，而最後的輔音不能
是 /v/ /z/ /c/ /j/。以下舉一些常見的音節結構：

C V V C	maeb '晚上'，vean '月亮'
G V	ya '現在式標記'，tawu '人'，wawa '海'
C V	ja '不'，ku '我'，na '第三人稱代詞'
C V C	kan '吃'，tuktuk '踢'，bakbak '打'，kagling '羊'
C V C V	lima '五', tanuzu '手指'，rala '血'
G V G V	wawa '海'
C V C V C	kuman '吃'，ngepen '牙齒'，velek '肚子'
V C	itke? '睡'，avang '大船'，atai '肝'，amung '魚'

　　雅美語的重音總是落在多音節詞最後的音節上，單音節是沒有重音的。

第3章

雅美語的詞彙結構

　　這一章從構詞學的角度討論雅美語的詞及構詞方式。詞可以就是否透過構詞方式而分為單純詞，及衍生、複合、重疊詞。沒有加任何詞綴的詞稱作單純詞，能夠獨立使用在句子中；有些單純詞還能作為詞根（或稱作詞幹），結合詞綴或是利用詞根重疊的方式衍生出新的詞。雅美語主要的構詞方式是衍生及重疊。雅美語的詞彙類型，除了單純詞，透過詞幹與詞綴結合的衍生詞，還有複合、重疊等構詞方式產生的複合詞、重疊詞。此外有一部份的詞是透過外來語借詞的方式而來。以下舉例介紹不同的構詞方式。

一、 單純詞

　　單純詞是由詞根構成，沒有附加任何詞綴，可分單音節和多音節單純詞。

單音節單純詞

雅美語的單音節單純詞不多，單純詞多屬語法詞，用來標示詞的語法關係，如：ta '我們二人', ku '我', nu '屬格標記', mu '你', ja '不', ya '現在式標記'。

多音節單純詞

單純詞也有多音節的，這些多音節的單純詞屬實詞，有明確的語意，能與詞綴結合產生詞形的變化（詞形上的變化見下節的衍生及重疊構詞）。多音節的單純詞例子如：yakai '祖父', mavakes '女人', atep '屋頂', suli '芋頭', azaku '大', kuis '豬' 等。

二、衍生詞

衍生詞是由詞根附加詞綴而構成的詞。詞綴可根據附加在詞根的位置而分前綴、中綴、後綴，前綴是將詞綴放在詞根之前，後綴則是將詞綴放在詞根之後，而中綴則是將詞綴插在詞根之中。以下介紹較常見的詞綴。

前綴

（1）man- 可附加在動詞詞根前，表主事者焦點。如：

詞根　　　　　　　前綴 man-

cita 　　'看'　　man-(c)ita　'看'

kuikui 　'搖'　　man-kuikui 　'搖'

sungit 　'咬'　　man-(s)ungit '咬'

zutung 　'做飯'　man-(z)utung '做飯'

例句：

ku 　　manita 　su 　　　kuis.

[我 　　看 　　　受格 　　豬]

'我看到豬。'

manutung si 　　　ina 　　　su 　　　kanen.

[做飯 　　主格 　　媽媽 　　受格 　　飯]

'媽媽在做飯。'

（2）ma- 可附加在名詞詞根及動詞詞根前，形成狀態
動詞，在語意上指與名詞詞根或動詞詞根有關的性
質，或動作行為。如：

sarausau 　'微風'　ma-sarausau 　'涼'

kulit 　　'皮'　　ma-kulit 　　'剝皮'

gulang 　'瘦'　　ma-gulang 　　'瘦的'

cita 　　'看'　　ma-cita 　　　'看到'

zanu 　　'長'　　ma-zanu 　　　'長的'

zutung　　'煮飯'　　ma-zutung　　'熟的，煮熟'
例句：

ku　　macita　　kuis.
[我　看　　　豬]
'我看到豬。'

mazutung　　　　u　　　　asisi.
[熟　　　　　主格　　果子]
'果子熟了。'

（3）　pa- 加在動詞的前面，形成一個使役動詞，pa- 也
　　　是受惠者（beneficiary）的焦點標記。如：
　　　kan　　　　'吃'　　pa-kan　　　　'餵'
　　　nutung　　'做飯'　　pa-nutung　　'爲...做飯'
　　　例句：
　　　ku　　pakan-en　　inu　su　　　susuli.
　　　[我　餵-受事　　狗　受格　　芋頭]
　　　'我餵狗吃芋頭。'
　　　na-panutung　　ni　　　　ina　　su　　　kanen
　　　　anak
　　　[她-做飯　　　屬格　　媽媽　　受格　　飯
　　　　孩子]
　　　'媽媽爲孩子做飯。'

（4）mi- 加在名詞前，形成動詞，表示動作正在進行。
外來借詞加上前綴詞 mi- 也能形成動詞，屬於雅
美語中既有的名詞一般先經過重疊，再加上前綴
mi- 才構成動詞。如下例：

vatek	'刻畫'	mi-vatvatek	'正在寫'
inawan	'氣息'	mi-ineinawan	'呼吸'
laktat	'鼻涕'	mi-laklaktat	'擤鼻涕'
tabaku	'煙草'	mi-tabaku	'抽煙'
saki	'酒'	mi-saki	'喝酒'

例句：

ku　mivatvatek.

[我　正在寫]

'我正在寫字。'

ta　ku　mitabaku du　maeb.

[不　我　抽煙　　在　晚上]

'我晚上從不抽煙。'

mi- 還可加在名詞詞幹前，構成動詞，表示製造，
產生之意。如：

tatala	'船'	mi-tatala	'造船'
anak	'兒子'	mi-anak	'產子'

例句：

mitatala si yama.

[造船 主格 爸爸]

'我爸爸在造船。'

（5） pan- 加在動詞前形成命令式。

bakbak '打' pan-bakbak [pamakbak]¹ '打'

rigrig '抖落' pan-rigrig '抖落，抖動'

kubut '出去' pan-kubut [pakubut] '出去'

例句：

pamakbak! '打！'

pakubut du pantau vakung！

[出去 在 外頭 書]

'把書拿出去外頭！'

（6） ni- 加在動詞前，表示過去或是完成。

tuktuk '踢' ni-tuktuk '踢了'

turuk '打針' ni-turuk '打過針'

例句：

ku ni-pa-tuktuk inu.

[我 完成-使役-踢 狗]

'我踢了狗了。'

---

¹. 加上詞綴的動詞會產生語音的變化，見第二章的音韻規則。

na-ni-turuk-an　　　　ni　　　　ina　　　　u

kanakan.

[她-完成-打針-LF　屬格　　媽媽　　主格

小孩]

'小孩給媽媽打過針了。'

（７）　um- 加在動詞前，表主事者焦點。能加 um- 詞
　　　　綴的動詞屬狀態性動詞，如：

　　　　macita　　　　　'看'　　　um-macita　'看'

（８）　am-加在動詞詞根前，表主事焦點。能加 am- 詞
　　　　綴的動詞屬動作性動詞。

　　　　lavi　　　　'哭'　　　am-lavi　　　'哭'

　　　　lululus　'喊叫'　　am-lululus　'喊叫'

　　　　例句：

　　　　am-lavi　si　　　　ina.

　　　　[AF-哭　主格　　　媽媽]

　　　　'媽媽哭了。'

（９）　si- 加在狀態動詞前，變成名詞。

　　　　gulang　'瘦'　　　si-gulang　　　'瘦子'

　　　　tava　　　'胖'　　　si-tava　　　　'大胖子'

（１０）ka- 加在動詞詞根前，表示「然後」。在連動結
　　　　構中發生在後的動詞前加 ka-，表示後發生的動
　　　　作。

　　　　angay　'去'　　　ka-angay　　'（然後）去'

piyuyau '玩'   ka-piyuyau   '（然後）玩'

kuman-ku   pa, ka-ngay nyu   rana.

[吃-AF-我   先 ka-去   你們   已經]

'我先吃了你們再走。'

中綴

　　詞綴加插在詞幹之中的構詞方式稱作中綴。雅美語中綴的例子只有表主事者焦點的 -um- 一例，但中綴也只有發生在語根開頭的子音爲 s, t, k, g 的詞。主事者焦點是用中綴詞 -um- 加插在語根第一個子音後；起首子音不是 s, t, k, g 時則以前綴詞的方式表示主事焦點。

kan   '吃'   k-um-an   '吃'

tava   '胖'   t-um-ava   '胖'

alam   '走路' um-alam   '走路'

例句：

k-um-an ku su   susuli.

[吃   我 受格   芋頭]

'我吃芋頭。'

後綴

　　加在詞根後的詞稱爲後綴詞。如強調受事者的受事焦點 -en 加在動詞詞根的後頭，即爲一種後綴。以下舉出一些後綴的例子：

（１）　-en 加在動詞詞根之後，表受事焦點。如：

parutung ‘做飯’　　　　parutung-en ‘做飯’

patuktuk ‘踢’　　　　patuktuk-en ‘踢’

例：

ya　parutung-en　　　u　　　kanen　　nu

anak　　　du vahai.

[現在做飯-受事　　　主格　　飯　　　屬格

　孩子　　在　房子]

‘為孩子做的飯還在家裡煮著。’

另一個受事焦點後綴為 -an[2]。動詞接 -an 後強調受事者的確定性。

patuktuk ‘踢’　　　patutktuk-an ‘踢’

例：

na-ni-patuktukan　　u　　　　inu.

[他-完成-踢　　　主格　　狗

‘狗被踢了。’

---

[2]　在何 1990 論文中將 -an， -en 均當作受事焦點。雅美語的動詞有些可接-an 跟 -en （如 turuk ‘打針’），兩者的差別在於受事者的明確性，有些動詞就只能接 -an（如 lavi ‘哭’，lululus ‘喊叫’）。 -an 又是表地點的焦點標記，對應的名詞組有明確之意。本文採比較簡單的分析，也就是將受事焦點用-en，地點焦點用 -an。

（２）　-an 加在動詞詞根後表處所焦點。通常詞根會先經過重疊構詞後再加上後綴詞。

kan	'吃'	akakan-an	'吃飯的地方'
panutung	'做飯'	panutung-an	'做飯的地方'
izai	'躺'	izizay-an	'睡覺的地方'
nutung	'做飯'	panunutung-an	'廚房'

例：

du　vahai　akakanan-ku.

[在　房子　吃-處所-我]

　'房子是我吃飯的地方。'

du　vahai　na-pa-nutungan　ni　　ina

　su　　kanen　　nu　　anak.

[在　房子　他-受益-做飯　屬格　媽媽

　受格　　飯　　屬格　　孩子]

'家裡是媽媽為孩子做飯的地方。'

（３）　-i 加在動詞詞根後表示命令。

kan	'吃'	kan-i	'吃!'
bakbak	'打'	bakbak-i	'打!'
uvay	'解開'	uvay-i	'解開!'
apis	'洗'	apis-i	'洗!'

例：

kan-i u　　　kanen.

[吃　主格　　飯]

'吃飯！'

uvay-i　　u　　　　uvid　　　ya.

[解　　　主格　　帶子　　這]

'解開帶子！'

apis-i u　　　ayub-mu.

[洗　主格　　衣服-你]

'洗衣服！'

雅美語中有兩個表命令的詞綴 pan- 和 -i。在動
作尚未發生前命令人去作某動作時用 pan-；動作
已發生命令人再繼續作下去則用 -i。

（4）　-ja　　加在動詞詞根後，表做動作者。例：

umvatvatek	'寫'	umvatvatek-ja	'作者'
umzutung	'做飯'	umzutung-ja	'廚子'
umpaluen	'打'	umpaluen-ja	'打者'
umpatuktuk	'踢'	umpatuktuk-ja	'踢者'

三、複合詞

複合詞是由兩個或兩個以上的詞根結合而成。雅美語並沒有真正的複合詞。在結合兩個詞時，會在詞和詞之間加上一個表示從屬關係的連結詞 nu， 結構上和詞組的組成方式相同，嚴格而言應當稱作詞組。

etek	nu	wuwu			'頭腦'
泥漿	屬格	頭			

etek	nu	wuwu	nu	kuis	'豬腦'
[泥漿	屬格	頭	屬格	豬]	

katwan	nu	vahai-ku		'我的另一半, 配偶'
[第二個	屬格	房子-我]		

四、重疊詞

重疊構詞是雅美語中常見的構詞法，重疊構詞是將詞根的全部或是部份音節重複形成的。重疊詞的語意和詞根不同，有時也改變了詞根的詞類。下面分別描述不同的重疊構詞法。

（1）詞根全部重疊。重疊詞的詞類不變，語意增加了重
　　　複或是持續的意思。這一類大部份是動詞，如：

　　　kui '搖動'　　　kuikui-in　　'重複的搖動'

　　　tuk '踢'　　　tuktuk　　　'一直踢'

　　　bak '打'　　　bakbak　　　'一直打'

（2）詞根部份音節重疊。重疊詞的類不變。名詞在音節
　　　重疊後表示多數的意思。如：

　　　vatek　　'刻紋'　vatvatek　　'字'

　　　tuwang　'骨頭'　tutuwang　　'骨頭'

　　　suli　　'芋頭'　susuli　　　'芋頭（複數）'

　　　kayu　　'樹'　　kakayu　　　'樹 (複數)'

　　　tukun　　'山'　　tukutukun　　'山（複數）'

　　　動詞經過部份重疊後，改變了詞類，形成表示工具、
　　　地點的名詞。如下例：

　　　nutung　'煮'　　nunutung　　'廚房'

五、外來語借詞

　　雅美語從日語轉借一些詞到語言中的。借詞的例子如
下：saki '酒'；sinsi '老師'；gaku '學校'；kupu '杯子'；inu
'狗'；tabaku '煙'；kaigi '會議'。這些借詞還可再加上語

言中的詞綴形成動詞，如： mi-tabaku '抽煙'， mi-kaigi '開
會'。

第*4*章

雅美語的句法結構

這一章討論語法結構，我們先討論簡單句的結構。簡單句是指只有一個動詞的句子。我們先介紹簡單句中基本的特徵。雅美語和其他南島語言一樣，在動詞的變化上隨著句中名詞的強調不同，而有不同的選擇。這章前面兩節以動詞為中心，討論句子的詞序，焦點系統，及格的標記。第三、四、五節分別介紹雅美語的代名詞系統、焦點系統及時貌系統；第六到第十節則是介紹幾個簡單句型的結構；第十一節描述複雜句的結構。

一、詞序

一般來說，雅美語的語序為動詞在首，主詞受詞在後的動－主－賓（ＶＳＯ）形式。主語，賓語的次序是可以互換的。另一個常出現的詞序是主－動（ＳＶ），此處的主語是指作為焦點的名詞組。但是所謂ＳＶ的句型實際上

是一種對等句或分裂句（cleft sentence）。以下的例子是
用來說明ＶＳＯ及ＳＶ兩種語序。

ＶＳＯ語序

kuman-ku   su   suli
[吃-我   受格   芋頭]
'我吃芋頭。'

動詞 kuman 出現在句首，主詞以附著形式依附在動
詞之後，最後是受詞。句子的詞序是ＶＳＯ。再看
下面的句子：

ku-ni-pa-tuktuk-an   u   inu.
[我-完成-BF-踢-PF   主格   狗]
'我把狗踢開。'

這句的詞序看來似乎是ＳＶＯ（主-動-賓），實際上是Ｖ
ＳＯ，理由有二：(1)這裡的主事者是屬附著形式，不能
獨立存在，必須依附在動詞上；(2)這一句裡附著形式的
主事者可以出現在動詞後，形成動詞在前的句子，如下面
例子所示：

ni-pa-tuktuk-an-ku   u   inu.
[完成-BF-踢-PF-我   主格   狗]
'我把狗踢開。'

再看以下的例子：

ma-ap-ku　　su　　　　wakai.

[AF-拿-我　　受格　　　地瓜]

'我拿地瓜。'

ya　　　　kan-ku　vinyai.

[現在　　　吃-我　　豬肉]

'我要吃豬肉。'

以上的句子都是ＶＳＯ的形式，動詞在前，主詞依附在動詞之後，賓語則放在動詞之後。

ＳＶ語序

　　這種語序是把要強調的名詞詞組移到句首，形成對等句或是分裂句。舉例如下：

yakan　　kan-en-ku

[菜　　　吃-PF-我]

'我要吃的是菜。'

kuis　　kan-en　ni　　　　ina.

[豬肉　　吃-PF　屬格　　　媽媽]

'媽媽吃的是豬肉。'

這些句子也有相對應的ＶＳＯ句型。

kan-en-ku　　yakan.

kan-en　ni　ina　(u)　kuis.

　　一般來說，名詞的屬性（普通名詞組或是代名詞）及其語法功能（主格，屬格），還有名詞是否爲焦點等都會影響語序。句首及句尾爲焦點名詞出現的位置（見下面第 1, 2 句）。如果句子中的主事者與受事者皆爲帶有格記號的名詞，主事者與受事者的次序沒有限制（見下面第 3, 4 句），但以焦點名詞組在句尾爲普遍的現象；如果句子主事者與受事者皆爲代名詞，主格會出現在屬格之後（見下面第 5 句）；主事者與受事者中有一個爲代名詞一個爲一般名詞，代名詞會出現在一般名詞前（見下面第 6 句）。見下例：

1. u　　　inu-ku　ya　　　k-um-an.
   [主格　　狗-我　　現在　　　吃-AF]
   '我的狗在吃。'

2. ya　　　k-um-an u　　　inu-ku.
   [現在　　吃-AF　主格　　狗-我]
   '我的狗在吃。'

3. ya　　　mang-avai　su　　　inu si manpang.
   [現在　　AF-罵　　　受格　　狗　主格
   名字]
   'manpang 在罵狗。'

4. ya　　　mang-avai　si　manpang su　　　inu.
   [現在　　AF-罵　　　主格 名字　受格　　狗]

'manpang 在罵狗。'

5.　pa-kan-en　　ni-nyu　　　yaken.
　　[使役-吃-PF　屬格-你　　　我]
　　'你餵我。'
　　'你請我吃。'

6.　na-bakbak-en yaken　　ni　　　　manpang.
　　[她-打-PF　　我　　　屬格　　　名字]
　　'manpang (她)打我。'

二、格位標記系統

　　雅美語中的格符號基本上分為兩類：一類用來標記普通名詞，一類用來標記專有名詞（或是人名）。名詞的格又分主格，處格，屬格，及受格。主格是標記句中的焦點，處格標記地點，受格是相對主格而言，是動作的接受者，屬格則相對受格而言，如果語法上的受格因動詞焦點的變化成為句中的焦點，以主格標示時，原來的語法受格則轉為以屬格標示。下面有專門討論焦點系統與格位標記的關係。先將格符號列表如下，再以例句說明之。

表 4.1 雅美語的格位標記系統

	主格	處格	屬格	受格
普通名詞	u	du	nu	su
專有名詞	si	ji	ni	si

ya   k-um-an <u>su</u>   asa panai.

[現在   吃-AF   受格   一 碗]

'他要吃一碗。'

ya   mangdai a   kuman   <u>su</u>   wakai

<u>si</u>   yakai.

[現在   天天   繫 吃   受格   地瓜

主格   祖父]

'我的祖父天天吃地瓜。'

ya   na-ni-rakat   <u>nu</u>   kanakan <u>u</u>   kuis.

[現在   他-完成-殺   屬格   孩子   主格   豬]

'孩子殺了豬了。'

na-turuk-en ni   ina   u   kanakan.

[她-打針-PF 屬格   媽媽   主格   孩子]

'媽媽替孩子打了一針。'

ma-palalak si   manpang si   mapapu.

[AF-騙   受格   人名   主格   人名]

'mapapu 騙了 manpang。'

du　　　vahai　　akakan-an　　ku.
[處格　　房子　　吃-LF　　　　我]
'這房子是我吃飯的地方。'

ku　pa-cita　ji　　　mu　u　　　kupu.
[我　使役-看　處格　　你　主格　　杯子]
'我給你看杯子。'

　　雅美語中格的標記和動詞的焦點詞綴有密切的關係。焦點被視為是句子中強調的部份，被強調的名詞組是用主格標示，再依據名詞的屬性（普通名詞還是專有名詞）選擇格位標記。以下用主事焦點，受事焦點，處所焦點，受惠焦點和格的標示來說明格記號與焦點的關係。

　　主事焦點句（AF）：主事者以主格標示出。如果主事者為專有名詞，主格標示為 si（例 1），主事者為普通名詞，主格標示為 u（例 2）。同時動詞要有標示主事的詞綴。

1. k-um-an si　　　　ina　　　　su　　　　kuis.
　　[吃-AF　主格　　媽媽　　受格　　豬肉]
　　'媽媽吃豬肉。'

2. u　　　　inu-ku　ya　　　　k-um-an.
　　[主格　狗-我　　現在　　吃-AF]
　　'我的狗正在吃。'

　　主格標記也可放在句子的前面，將句子名物化，如下例：

ya　　　azu　u　　　　　ya　　　ma-mazen-cia su
vahai.

[現在　　　多　主格　　　現在　　　AF-蓋-者　　　受格
房子]

'蓋房子的人很多。'

　　受事焦點句（PF）：在以受事者為焦點的句子裡，受事者以主格標示出，原有的主事者則要以屬格標示。專有名詞的受事者的格位記號為 si，普通名詞的受事者的格記號為 u。

kan-en　u　kuis　　　ni　　　　ina.

[吃-PF　主格豬肉　　　屬格　　　媽媽]

'豬肉是媽媽吃的。'
'媽媽吃的是豬肉。'

bakbak-en　　si　manpang ni　　　　ina.

[打-PF　　　主格manpang屬格　　　媽媽]

'媽媽打了 manpang／manpang 被媽媽打了。'

　　處所焦點（LF）：動作發生的地點或是處所為句子的焦點時，在動詞詞幹後加表示處所的焦點 -an，處所名詞前則以主格標示出。

u   vahai   akakan-an-ku.

[主格   房子   吃-LF-我]

'房子是我吃飯的地方。'

受益焦點（BF）：動作的受益者成為句子的焦點，在動詞前加表示受益者的前綴 pa-， 受益者名詞前以主格標示出。

na-pa-nutung   ni   ina   su   kanen

u   anak.

[她-BF-做飯   屬格   媽媽   受格   飯

主格   孩子]

'為了孩子，媽媽做飯。'

雅美語有兩種不同的命令句標示：一種是在動詞前加前綴詞   pan-，一種是在動詞後加一後綴詞   -i。前者是主事焦點形式的命令句，是在動作尚未開始前所做的命令（例 1, 2）；後者則是受事焦點命令句，是在動作已經做了後，命令繼續往下作[1]（例 3, 4）。

---

1. 在何月玲論文中，將 u 的另一個功能當作是標示名詞的明確性。受事者名詞在主事焦點句中一般是以 su 來標示，但有定的受事者名詞則是以 u 來標示。動詞焦點的標示也會因受事名詞的有定，無定而不同。如文中例 1, 2 的受事者為有定名詞，動詞前沒有前綴詞；例 3, 4 的受事者為無定名詞，動詞前加前綴 pan?-（何 1990:63）.

1.　pan-uvay-i　　su　　　uvid.
　　AF-解　　　　受格　　帶子
　　'解開帶子。'

2.　pan-apis-i　　su　　　ayub.
　　AF-洗　　　　受格　　衣服
　　'洗衣服。'

3.　uvay-i　　u　　　　uvid　　ya.
　　解-PF　　主格　　帶子　　這
　　'解開帶子！'

4.　apis-i　　u　　　　ayub-mu
　　洗-PF　　主格　　衣服-你
　　'洗衣服！'

三、代名詞系統

　　和台灣其他南島語一樣，雅美語的代名詞系統可分為兩類：可獨立使用的自由形式，及不可獨立使用的依附形式。依附形式的代名詞通常依附在於動詞或名詞。此外代名詞還有格及單複數的區分。第一人稱的複數代名詞還根據是否包括說話者及聽話者而有包含式（inclusive）及排除式（exclusive）的分別。下表為代名詞系統，表後有例句說明。

表 4.2 雅美語的人稱代名詞系統

人稱		主格		屬格		處格
		黏著形	自由形	黏著形	自由形	
第一	單	-ku	yaken	-ku	nyaken	jaken
	複(excl)	-namen	yamen	-namen	nyamen	jamen
	複(incl)	-ta	yaten	-ta	nyaten	jaten
第二	單	-ka	imu	-mu	nimu	jimu
	複	-kaniu	inyu	-nyu	ninyu	jinyu
第三	單	0	ia	-na	nia	jia
	複	0	siza	-da	niza	jiza

magna zana jamen su zaku a amung.

[釣　已經　我們　受格　大　繫　魚]

'我們已經釣到大魚了。'

mangai namen du izala.

[去　　我們　　在　蘭嶼]

'我們要去蘭嶼。'

rakat-i-mu kuis.

[殺-PF-你　豬]

'你去殺豬。'

mang-ap-ku su wakai turu jimu.

[AF-拿-我　受格　地瓜　給　你]

'我拿地瓜給你。'

k-um-an-ka?

[吃-AF-你]

'你要吃飯嗎？'

araw-en-ku　　imu.

[送-PF-我　　你]

'我要送你禮物。'

madai　　a　　tau　siza.

[全部　　繫　人　他們]

'他們都是雅美人。'

sinsi-da　　　si　　　　manpang.

[老師-他們　　主格　　manpang]

'manpang 是他們的老師。'

mangai　tamu　　du　vahai-niu.

[去　　　我們　　在　房子-你們]

'我們去你們家。'

siza　　ma-mazen　　su　　　vahai.

[他們　AF-蓋　　　受格　　房子]

'他們蓋房子。'

四、焦點系統

　　南島語言的特徵之一就是焦點系統。焦點是用來標示句中強調的名詞詞組，焦點可以看作是一種呼應的關係，也就是說焦點除了標示在動詞的詞綴上，相對應的

名詞也必須要以主格的格位來標示。雅美語的焦點系統
包含有主事焦點（AF），受事焦點（PF），處事焦點（LF），
受惠焦點（BF），工具焦點（IF）。現分別以例句說明
如下：

主事焦點（AF）

主事焦點引出並強調做動作的人，稱作主事者。動詞
的主事焦點綴詞是用 m 的形式標示出。m 式包括前綴
man- ，中綴 -um- 及前綴 um-。

ku-<u>man</u>-iwang   su   paneneban.
[我-AF-開   受格   門]
'我開門。'

man-iwang   si   manpang su   paneneban.
[AF-開   主格manpang 受格   門]
'manpang 開門。'

ya   ni-<u>man</u>-rakat <u>u</u>   kanakan su   kuis.
[現在   完成-AF-殺 主格   孩子   受格 豬]
'孩子殺了豬了。'

k-<u>um</u>-an-ku   su   wakai.
[吃-AF-我   受格   地瓜]
'我吃地瓜。'

um-tsiyake-cia

[AF-翻譯-者]

'翻譯者'

受事焦點（PF）

受事焦點是強調接受動作的對象，接受動作的對象就是所謂的受事者。受事焦點句是引出受事者，並將受事者以主格的方式標記出。表示受事焦點的動詞是在動詞詞根後加上詞綴 -en，受事者則要以主格標示出。因為動詞已標示出受事焦點，受事者前的主格標記常被省略。受事者還可以出現在句首形成主題句。

ku-ni-patuktuk-en（u） inu.

[我-完成-踢-PF　主格　　狗]

'我把狗踢開。'

iwang-en-ku paneneban.

[開-PF-我　門]

'我開了門。'

paneneban iwang-en-ku.

[門　　　　開-PF-我]

'門我開了。'

據調查，有些動詞的受事焦點詞綴可以是 -an 及 -en 。兩者的區別是加了 -an 的句子中的受事者較爲明確，與處所焦點所指涉的相同，只是處所焦點的名詞

都是地點而不是一般的名詞。在此將 -en 視爲受事焦
點標記，而將 -an 視爲處所焦點標記。以 -en 爲受事
焦點詞綴的句子，除了對受事者的強調外，還含有過去
動作的意思，因此加了 -en 的動詞前不能再加表示完
成的詞綴 ni。

na-turuk-en ni manpang si sinsi.
[他-打針-PF 屬格manpang 主格 老師]
'manpang 幫老師打針。'

na-ni-turuk-an *ni* *ina* u kanankan.
[她-完成-打針-PF 屬格 媽媽 主格 孩子]
'媽媽爲孩子打針。'

*u vakung ku-ni-turbang-en.
[主格 紙 我-完成-戳破-PF]
（ni- 和 -en不能同時出現。）

處所焦點（LF）

處所焦點是用來標示動作的地點。標示處所焦
點是在動詞詞根之後加上 -an，而處所名詞則可
以以主格 u 或是處所格 du/ji 來標示。

akakan-an-ku du vahai.
[吃-LF- 我 在 房子]
'房子是我吃飯的地方。'

vahai　　na-pa-nunutung-an su　　kanen　ni　　ina.
[房子　　她-BF-做飯-LF　　受格　飯　屬格　媽媽]
'房子是我媽媽做飯的地方。'

atang-ku　　　da-ni-turuk-an　　　　　nu　　kuisang.
[屁股-我　　　他們-完成-打針-LF　　　屬格　　醫生]
'屁股被醫生打了一針。'

pa-ap-an-ku　　　su　　　wakai.
[BF-拿-LF-我　　受格　　地瓜]
'這是我拿地瓜的地方。'

受惠者焦點（BF）

　　受惠者焦點是用來強調動作的受惠者。雅美語句子
中若是強調受惠者則在動詞詞幹前加上 pa- ，而受惠
者則以主格 u/si 標記。請看下例：

na-pa-nutung u　　kanakan ni　　ina　　su　　kanen.
[她-BF-做飯 主格　孩子　屬格　媽媽　受格　飯]
'媽媽是為了孩子做飯的。'

pa-turuk-en-ku　　u　　　zayim　ji　　manpang.
[BF-打針-PF-我　主格　　針　　處格　人名]
'我替 manpang 打針。'

工具焦點（IF）

工具焦點是用來標示做動作時使用的工具。在雅美語中工具焦點是在動詞詞幹前加上 前綴詞 pan- ，而工具前則以主格標示。例：

ikung   u   i-pan-rakat-nasu   kuis ni

manpang.

[什麼   主格   i-IF-殺-她   受格   豬 屬格

人名]

'manpang用來殺豬的工具是甚麼？'

pan-tsiyake-en   mu kanakan.

[IF-翻譯-PF   你 小孩]

'你替孩子翻譯'

'請孩子（爲你）翻譯。'

ipangan ya am, ya   ku i-pan-rakat   su

kuis.

[刀子   這 呢 現在 我   i-IF-殺   受格

豬]

'這把刀子是我用來殺豬的。'

以下以圖表顯示焦點系統的標記：

表 4.3 雅美語的焦點系統

焦　　點	焦點標記
主事焦點	um-, -um-, man-, mang-, ma-, mi-
受事焦點	-en
處所焦點	-an
工具焦點	pan-
受惠焦點	pa-

五、時貌（語氣）系統

雅美語的時態分現在及過去。現在包括現在及未來。表達現在的動作或是狀態是在句首出現 ya。

ya　　　ku-man-linas su　　　zasay.

[現在　我-AF-擦　　受格　　蓆子]

'我在擦蓆子。'

ya　　　na-bakbak-an u　　　anak-na.

[現在　她-打-LF　　主格　　孩子-她]

'她在打她的孩子。'

ya　　　ma-tava u　　　manuk-ku.

[現在　AF-肥　主格　　雞-我]

'我的雞很肥。'

ya　　　ma-rakat u　　　　tau.

[現在　　AF-死　　主格　　　人]

'這個人死了。'

現在式又能區分爲兩種時貌：完成貌（perfective），未完成貌（imperfective）。完成貌是在動詞前加 ni-，未完成貌沒有記號。

ya　　　namen　manigi　su　　　kadai.

[現在　　我們　　篩　　屬格　　小麥]

'我們在篩小麥。'

ya　　　ni-man-rakat u　　　　kanakan su

　　　kuis.

[現在　　完成-AF-殺　主格　　孩子　　受格　　豬]

'孩子殺了豬了。'

表示完成的標記還有 jana, zana, teika，都放在動詞前面，而句子前仍能接 ya。

ya　　　na-jana-funu-en　finiya　kanu　　suli.

[現在　　他-完成-分-PF　豬肉　　與　　　芋頭]

'豬肉和芋頭已分好了。'

jana　　zana　funu-en　　finiya　kanu　　suli.

[完成　　完成　分-PF　　豬肉　　與　　　芋頭]

'豬肉和芋頭已分好了。'

ya　　na-ni-teika-funu-en　　finiya　　kanu　suli.
[現在　他-完成-完成-分-PF　　豬肉　　與　芋頭]
'豬肉和芋頭已分好了。'

六、存在句（方位句、所有句）結構

　　雅美語中表示存在與表示所有都是用同一個動詞
mian 。表示存在的句子大多與方位有關，存在的主體
以主格來標示。以下是存在句的例子。

ya　　mian　　u　　kanakan　du　vahai.
[現在　存在　　主格　孩子　　在　房子]
'孩子在房子裡。'

ya　　mian　　u　　vakung　du　vahai.
[現在　在　　　主格　書　　在　房子]
'書在房子裏。'

ya　　mian　　u　　asaka　naned　　du　yakan.
[現在　在　　　主格　一　蒼蠅　　在　菜]
'蒼蠅在菜上。'

　　存在句中的主體若標以受格的格位，則句子表達的
是所有的概念。以上的存在句有下面對等的所有句句
子。

ya   mian   su   kanakan du   vahai.
[現在   有   受格   孩子   在   房子]
'房子裡有孩子。'

ya   mian   su   vakung du   vahai.
[現在   有   受格   書   在   房子]
'房子裏有書。'

ya   mian   su   asaka naned   du   yakan.
[現在   在   主格   一   蒼蠅   在 菜]
'菜上有蒼蠅。'

存在句除了表示物體的存在，還可以用來表示一個事件的存在。表示事件的存在是在 mian 後接上帶有主事標記的句子。比較下面的句子：

ya   du   pantau man-ututng si   ina.
[現在   在 外頭   AF-做飯   主格   媽媽]
'媽媽在外頭做飯。'

ya   mian   du   pantau man-utung si
    ina.
[現在   有   在 外頭   AF-做飯   主格
    媽媽]
'媽媽在外頭做飯。'

ya   mian   ni   ina   du   pantau   man-
utung.

[現在   有   屬格   媽媽   在   外頭   AF-
做飯]

　'有一個媽媽在外頭做飯。'

ya   mi-tke? du   lulai   kanakan.

[現在   AF-睡   在   籃子   孩子]

'孩子在搖籃裏睡。'

ya   mian   su   kanakan du   dulai
mi-tke?.

[現在   有   受格   孩子   在   籃子
AF-睡]

'有個孩子睡在搖籃裏。'

七、祈使句結構

　　祈使句只跟動作動詞一起使用，動詞是不帶時式
（tense）與時貌（aspect）的，第二人稱也不出現。雅
美語中還有一特點，就是肯定的祈使句和否定的祈使句
在前綴上的標示是不同的。肯定受事焦點的命令句是在
動詞後加 -i 。肯定主事焦點的命令句是在動詞前加前

綴 pan- 。否定的命令是在動詞前加 ja， 動詞後則沒
有標示。

itke?-i

[睡-PF]

'睡！'

bakbak-i　　　nu　　　kayu　　u　　　inu.

[打-PF　　　屬格　　棍子　　主格　　狗]

'去用棍子打狗！'

否定一個命令，在動詞前加上否定命令詞 ja 即可。肯
定的動詞命令詞是 -i，是不能和否定的命令詞一起出
現。

ja　itke?.

[不 睡]

'不要睡！'

*ja itke?-i.

ja　pan-akau su　　　kuis.

[不 AF-偷　受格　　豬]

'不要偷豬。'

祈使句的標記見下表：

表 4.4 雅美語的祈使句標記

焦　　點	肯定句	否定句
主　　事	pan-V	ja V
受　　事	Vi	ja V

八、否定句結構

表示否定的詞共有五個：abu, beken, ta, ji, ja。分別舉例如下：

否定詞 abu

abu 指不存在。只能用在主詞為第二及第三人稱的句子或是無生命為主詞的句子中。

ni-abu-kamu　　du　vahai　　nukakyab.
[完成-不-你們　　在　房子　　昨天]
'你們昨天不在家。'

ya　　　abu u　　　nirpi-ku.
[現在　　不　主格　　錢-我]
'我沒有錢。(我的錢沒有。)'

ya　　　abu si　　　mapapu ji　izanumilek.
[現在　　不　主格　　mapapu 在　村名]
'mapapu 不在村子裏。'

*ni-abu-ku　du　vahai-namen nukakyab.
[完成-不-我 在　房子-我們　　昨天]
'我昨天不在家。'

否定詞 beken

　　否定詞 beken 用在回答問題時用。是和 nuwun '是的'相反的。

ya　　ni-kumansu　　suli　　si　　ina
ang?

[現在　完成-吃　受格　芋頭　主格　媽媽
疑問詞]

'媽媽吃了芋頭了嗎？'

beken.

[不]

'沒有。'

　　用 nuwun 回答問題是指聽話者贊同問話者的問題。而 beken 則是指聽話者不贊同問話者的問題。

ya　　ji　ni-kumansu　　suli　　si　　ina
　　　　　　　ang?

[現在　不　完成-吃　受格　　芋頭　　主格　媽媽
　　　　疑問詞]

'媽媽沒吃芋頭嗎？'

beken.

[不]

'不是，（媽媽吃了芋頭。）'

否定詞 ta

否定詞 ta 是放在句首，是反對整個句子的真實性的。

ta   ya   ku-k-um-an   su   suli.
[否定   現在   我-吃-AF   受格   芋頭]
'我不要吃芋頭。'

回答問題時，ta 可以跟 beken 一起出現。beken 是表明聽話者不同意說話者的意見，而 ta 後只接肯定句，否定整句話的真實性。例如：

ya   ma-tava si   mapapu.
[現在   AF-胖   主格   mapapu]
'mapapu胖嗎？'

beken, ta   ya   ma-tava si   mapapu.
[不   不 現在   AF-胖   主格   mapapu]
'不，mapapu 不胖。(=「mapapu 胖」的說法是錯的。)'

否定詞 ji

否定詞 ji 放在動詞前。黏著性代名詞放在否定詞的前後皆可。

ji ku-ni-man-akau   su   kuis.
[不 我-完成-AF-偷   受格   豬]
'我沒有偷豬。'

句子中若有表現在的 ya 出現，ya 則放在句首，否定詞 ji
則在後。

> ya   ku-ji-ni-man-akau   su   kuis.
> [現在   我-不-完成-AF-偷   受格   豬]
> '我沒有偷過豬。'
> ku-ji-ni-pan-utung   su   suli   si   ina.
> [我-不-完成-BF-煮   受格   芋頭   主格   媽媽]
> '我沒有爲我媽媽煮芋頭。'

否定詞 ja

否定詞 ja 放在動詞的前面是對動作結果或是能力的
否定。如下例：

> ja   apis-i   u   ayub-ku.
> [不 洗-PF   主格   衣服-我]
> '我的衣服不好洗，洗不動。'

> ku-ja-cita.
> [我-不-看]
> '我看不到。'

> ja   apsui.
> [不 吃飽]
> '吃不飽。'

ja   bakbak.

[不 打]

'打不動。'

九、疑問句結構

　　疑問句分兩種：是非問句（Yes-No Question），疑問詞問句（Wh-Question）。是非問句的結構有兩種，一種和陳述句的結構相同，只是在說話時聲調上揚；另一種是在句尾加上疑問詞 ang。疑問詞問句則是句子中含有疑問詞 wanjinja/wanja[2] '甚麼地方'， sinu '誰'， simanngu '甚麼時候'， kungu '怎麼樣'， ta ikung '爲甚麼'， ikung '甚麼'。疑問詞所問的是句子的焦點，疑問詞都放在句首，動詞的焦點變化和疑問詞是一致的。也就是說，疑問詞是指受事者，動詞的焦點也是受事焦點。以下就是非問句及疑問詞問句舉例說明。

疑問詞問句

　　（du） wanjinja   mu-angai-an.

　　[在   什麼地方   你-去-PF]

　　'你要去哪裡？'

---

2. 什麼地方有兩種用法：wanjinja 及 wanja。

ka-ma-ngai　du　wanja?

[你-AF-去　在　什麼地方]

'你要去哪裡？'

simanngu　　ma-yai-ka?

[何時　　　AF-來-你]

'你何時回來？'

sinu　　ka?

[誰　　你]

'你是誰？'

ikung　varai-mu?

[什麼　工作-你]

'你的工作是什麼？'

ikung　kanen-mu?

[什麼　吃-你]

'你吃什麼？'

ikung　u　　　　na-rutung-en ni　　　ina-mu?

[什麼　主格　她-煮-PF　屬格　媽媽-你]

'你媽媽在煮什麼？'

ikung　u　　　ya?

[什麼　主格　這]

'這是什麼？'

sinu　　mu-panci panta-imu　　su　　　nierpi.
[誰　　你-叫　　給-你　　　受格　　錢]
'你要叫誰給你錢？'

sinu　　ya　　　ni-panta-imu　su　　　nierpi.
[誰　　現在　　完成-給-你　受格　　錢]
'誰給你錢了？'

ikung　　na-ni-tuzu　　　　jimu?
[什麼　　她-完成-給　　　你]
'她給了你什麼？'

ta-ikung　　mu-yayi?
[爲什麼　　你-來]
'你爲什麼來？'

ta-ikung na-pa-nutung ni　　ina　　su
　　kanen?
[爲什麼　她-BF-做飯　屬格　　媽媽　受格
　　飯]
'我媽媽爲何要做飯？'

是非問句

ma-ngai-ka　du　gaku?
[AF-去-你　在　學校]
'你要去學校嗎？'

kan-en-mu　ya?

[吃-PF-你　　這]

'你要吃這個嗎？'

十、對等句

雅美語沒有對等的動詞「是」，對等句「Ｘ是Ｙ」
是以ＹＸ或ＸＹ句型表現。Ｘ或是Ｙ中有人名時，人名
前要加格標記 si，相對應的普通名詞前則用主格 u 標
示。和所有焦點句相同，主格標記 u 是可以省略的。
例：

ku-kuisang./kuisang-ku.

[我-醫生 醫生-我]

'我是醫生。'

si　　manzang　　am, u　　　kuisang.

[主格 manzang 呢 主格　　醫生]

'manzang是醫生。'

si　　ina　　sinsi./sinsi　si　　ina.

[主格　　媽媽　　老師 老師 主格　　媽媽]

'我媽媽是老師。'

十一、複雜句結構

　　複雜句是指由兩個或兩個以上有聯繫關係的單句構成的句子。單句與單句間的關係，可從結構關係及語意的不同來看。從結構上來看，複雜句裡的句子關係有並列，主從，及包孕的關係。從語意的角度來看，可分成聯合關係，承接關係，遞進關係，轉折關係，因果關係，假設關係，與條件關係。我們先就句法上的並列，主從及包孕的概念探討雅美語的複雜句結構。接著再就複雜句裡子句間的語意關係，討論複雜句的連動結構，條件及假設句結構，因果關係句結構，及時間關係句結構。

句法上的結構關係

　　句法上的結構關係有並列，主從及包孕三種結構，以下就各個結構分別舉例說明。

　　（１）並列結構　　並列結構是指由兩個或兩個以上相同性質的詞組結構或是單句合成的結構。雅美語的並列結構是以繫詞 a 連結。如下例，繫詞連接兩個動詞詞組。

ya　　　mangdai si　　　mazan　　a　　mi-
[現在　　天天　　主格　　叔叔　　繫　　AF-

anuanuud　　kanu　　　　ma-kungnunung　　su

唱歌　　以及　　AF-敘述　　　受格

kavavadanen.
傳說故事]
'我叔叔天天唱歌，說故事。'
（２）主從結構　主從結構是指修飾語及中心語結
合的結構。雅美語中的主從結構也是用繫詞 a 來標示
的，其中中心語在後，所有的修飾語都放在中心語（被
修飾語）之前。下例畫有底線部份即爲修飾語。

ku nani-mimin　a　kan-en.
[我 完成-全部　　繫　吃-PF]
'我已經吃完了。'

zaku　　a　　vahai
[大　　繫　房子]
'大房子'

man-pazeng　a　tau
[AF-蓋　　繫　人]
'蓋房子的人'

ku-ni-zutung　　a　kanen
[我-完成-做飯　　繫　飯]
'我做的飯'

　　複雜句的主從結構是指主要句子中帶有關係子句修飾句中的名詞，或是有副詞子句修飾主要句子。下面的例子是名詞 vakung「書」有一個關係子句 'mu nisazangan nukakiyap' 修飾；主要句子的 mitkeh 有 'kuniminepdep' 修飾。

> ya　　　ku-kaka?ra　<u>mu　ni-sazangan</u>
> <u>nukakiyap</u>　　a　　vakung.
> [現在　我-喜歡　　　你　完成-買
> 　昨天　　　　　繫　書]
> '我喜歡你昨天買的書。'

> <u>ku-ni-minepdep</u>　　a　　ya　ni-mitkeh　　nukakyab.
> [我-完成-熟睡　　　繫　　　完成-睡　　　昨天]
> '我昨天睡覺時睡得很熟。'

　　（3）包孕結構　包孕結構是指一個句子中包含了另一個附屬的子句，這個附屬的子句是動詞分類的一部份，在語法上是當作動詞的賓語的。例如

He said <u>that he has decided on the date to dedicate his house</u>.

　　上面的例子中 'that he has decided on the date to dedicate his house' 就是所謂的包孕句，而整個包孕句就是動詞 said 的賓語，而這一類型的句子就是有包孕結構的複雜句。

　　雅美語中的包孕前會有標示時式的 ya。有包孕句

的結構舉例如下：

ku anehedan　　　ya mu-ni-panci a　cizicizing.
[我 確信　　　　　現在 你-完成-說 繫　話]
'我相信你所講的話。'

na-katengan ni　　　manpang ya na-ni-mangai
si　　　　sasang.
[他-知道　　屬格　人名　　　現在 他-完成-走
主格　　人名]
'manpang 知道 sasang 離開了。'

語意上的結構關係

接下來討論複雜句裡子句間的語意關係，我們分成連動結構、條件結構、因果結構、時間結構來討論。

（１）連動結構　連動結構的句型一直是語言學家爭議的焦點，主要是因為大家對連動結構的定義不同。我們在此是採取最廣義的連動定義，也就是指兩個或兩個以上的動詞詞組放在一起，表示同一個主事者所作的動作，或是由主事者引出一連串的動作行為的句子，都稱做是連動結構。

連動結構若是用來連結一個主事者同時做的動作，語言中是以繫詞 a 來連接不同的動作。

ya　　mangdai si　　　mazan　a　mi-
[現在　天天　主格　叔叔　繫 AF-

anuanuud　kanu　ma-kungnunung　su

kavavadanen.

唱歌　　　以及　AF-敘述　　　　受格

傳說故事]

'我叔叔天天唱歌，說故事。'

連動結構裡的動詞焦點若是一致，句子是用來做一般
敘述事件；焦點若是不同，則有強調目的的語意。比較下
面的句子：

man-angai-ku man-akna　　su　　　　amung　　du

wawa.

[AF-去-我　　AF-釣魚　　受格　　魚　　　在

海裡]

'我去海邊釣魚。'

man-angai-ku akna-en　amung　du　wawa

[AF-去-我　　釣魚-PF 魚　　　在　海裡]

'我去海邊把魚釣回來。'　（有特定目的）

ya　　man-angai siza　　　zazake? mi-anuanuud du

vahai　　nu　　　mi-varai a　　tau.

[現在AF-去　　　他們　　老人　　AF-唱歌　　在

房子　　屬格　　AF-工作 繫　人]

'老人們要去房屋落成人的家唱歌。'

ya   man-angai siza   zazake? anuanuud-en du

vahai   nu   mi- varai a   tau.

[現在AF-去   他們   老人   唱歌-PF   在

房子   屬格   AF-工作 繫   人]

'老人們要去爲房屋落成人唱歌。'（有特定目的）

連動結構中的兩個動詞詞組形成所謂的兼語結構
（pivotal construction），或是兩個動詞間有時間先後次序
時，詞組間不必要有繫詞 a。下面的前兩個例子是兼語句，
第三句是有時間先後次序的連動結構。

panci   mangai   du   pantau!

[叫   去   在   外面]

'叫他去外面。'

panci-pamangai   du   pantau.

[叫   去   在   外面]

'讓他出去外面一下。'

ku mangai   du   Tahuk   manarang   su

yakan.

[我 去   在 台北   買   受格   菜]

'我要去台北買菜。'

（2）條件句結構   雅美語的條件句或是假設句是在
句首加上 si，或是 anu。si 是表示確定會發生的條件，anu
則表示不確定是否會發生。如下例；

si　　　mai ka　am, panaes-en　　mu jaken.

[如果　來　你　呢　知會-PF　　你　我]

'如果你要來，請先通知我。'

anu　　　majimui am, ji　ku-angai.

[如果　　下雨　　呢　不　我-去]

'如果下雨我就不去。'

另有一種和條件假設句相近，表示讓步或情境的意思。用 tana '雖然' 放在句首，舉例如下：

tana　　ya ku-na-ni-sarang-an　　am,　　ya　na
　　　ji　kan-a.

[雖然　現在 我-它-完成-LF　　主題　　現在他
　　不　吃]

'雖然我買了，可是他還是不吃。'

tana　　ku-ni-manarang　su　tukap　am,　　ku
　　　ji　pitukap-a.

[雖然　我-完成-買　　受格 鞋子　主題　我
　　不　穿]

'雖然我買了鞋，但是我不穿。'

表示「雖然」的 tana 可以省略，只留下表示主題或是表示對比的語尾詞 am，如下例：

ku-ni-pa-nanala   iya am,   ya ji ni-mayi.
[我-完成-等   他 主題   不 完成-來]
'我等了他，但是他沒來。'

（3）因果關係句　雅美語的因果關係句是在句首用表原因的連接詞 ta 標示出來。

atlu tu zaku   a vahai ni   yama
apiya,   ta   ma-ka-apsu   azuwa nirpi.
[二 那 大   繫 房子 屬格   爸爸
好   因為   AF-拿 受格 多   錢]
'我爸爸的那兩棟大房子很好，因為可以賺很多錢。'

（4）時間關係句　在雅美語中表示句子間的時間關係有 am 及 tu 兩個標記。am 是指「當…的時候」，放在表示時間的子句的句後；而 tu 是指「就」，放在句首作為承續前一句子動作的連結。

ma-cita-na   ni   yama   si   ina
am, ma-sazai.
[AF-看見-他 屬格   爸爸   主格   媽媽
呢 AF-高興]
'爸爸看見媽媽時，很高興。'

ya ku-naknakmen   ya am, ya ku-na-tu-lavi.
[我-想到   他   我-完成-就-哭]
'我想到他就哭。'

第5章

雅美語的長篇語料

棄嬰的故事：

nu   kakwa-pa   am   i-kungu   du   ma-ngahanas u
    遠古   什麼   在 育嬰

kaduwa-na-vahai a   um-akaw   ri
二-他-家   耕墾   那

'很早以前，有一對夫婦，太太是正值育嬰期，先生負責
開墾耕耘田地。'

ji-makaakaw   ta   ma-akcin   tau   ri
無法-耕田   因   饑餓   人   那

nu-ka-nunang   na
當那時

'因為當時正在鬧饑荒，那個先生無法耕作。'

am　a-likey-pa　　anak　　da
　　小　　　　孩子　　他們

'但是他們的孩子又還很小。'

maniring　　u　i-mavakes　　uri　am
說　　　　　女性　　　　那

'那個太太就說:'

mangu　ka　tu　ta　na......
怎樣　　你　就　我們

'你覺得怎樣!我們就......'

mangu　　ka　ji-kuwa
怎樣　　你　　孩子

'怎樣!這個小孩...'

ta　ya ku　ka-ahawa ta　ya　ku　ka-ji-ngay-i　du
因為　我　困擾　　因為　我　不　去　　在

takey
山上

'我很擔心，因爲我不能上山去工作 。'

kuwan　　na　　nu-mavakes　　ri
說　　　她　　女性　　　　　那

'那個太太說，'

imu　　saun-am　　tu　　　ta-na　　ngay-an
你　　　？　　　就　　　我們　　去
du　kamzavu-an
在　村莊郊外

'你看著辦吧！我們就拿去放在村莊外的郊野吧!'

pi-puwa　　　da　　　anak　　da
　丟棄　　　他們　　孩子　　他們

'他們就把他們的孩子丟棄了。'

tu　mi-lavi　　　saun-am

就　哭　　　　？

'(小孩)就一直哭。'

u　　abu　　su　anak　　a　　mi-yaven-du-vahaiam
　　沒有　　　孩子　　　　夫妻
tu　da　　cita
就　他們　　看見

'有一對沒有孩子的夫妻看見了。'

「mey-ku-pa　　mi-yuwyaw　mey-ku-pa
　去　我　　　　外遊　　　去　我
du　ka-sibu-an」
在　　　　？

'我出去一下，去廁所方便一下。'

kuwan　　na　　nu　muakai　ri
說　　　　他　　男性　　那

'那個先生這麼說'

「nuun　nuun」　kuwan　　na　　nu　mavakes
好　　　好　　　說　　　她　　　　女性

'他的太太說：好！好！'

muhnai.....　　am　ikungu　uri
很久　　　　　什麼　　　那

'過了很久很久。欸，　那是什麼?'

u　akma-i　mi-rirerak　　　kuwan　na　　　am
好像　　聲音　　　　　說

'他們說，好像是聲音。'

u　ma-lalam　am......tu-nei-nita　　　am
走著走　　　就　去　看

'他走著走著　，就過去看看'

ni-pipuwa　　da　likey　a　kanakan-pa　　ri
丟棄　　他們　小　　嬰孩　　　　那

'是別人把那個還很小的嬰孩丟棄了。'

pa-kagyagid   a   ji-ma-kasi   ya
很可憐   這

'真是的！好可憐哪！'

sinu   sinu   siza   ya
誰   誰   他們   這

'這⋯⋯這到底是誰呀！'

tu   rana   nguli   ri
就   已經   回去   那

'那個人就回去了。'

tu   rana   nguli   du   vahai   da   ri   a
就   已經   回   在   家屋   他們   那

'就回到他們家裏去了。'

kuman-pa   sira   ri   a   mi-yavendu vahai

吃飯　　　　他們　　那　　　　夫妻

'那時他們夫妻還在吃飯'

ma-niring　　　du　　　　ka-duw-an　　na　vahai
　說　　　　　　　　　　妻子

'先生於是對他的太太說'

ya-miyan su　　　kavavatanen　　　kuwan　　　　na
　有　　　　　　奇事　　　　　　說　　　　　　他

'他說，有一件奇怪的事'

man-ngu a　　　mey-ku ahapen uri
怎樣　　　　　　去　我　拿　　那
an　　　kuwan　　　na　　　ri
　　　　說　　　　他　　　那

'先生說：怎麼樣？我去把那個小孩帶回來好嗎?'

a　ku　ni-iyak　u-itu　ta　ku　cita-en　am
　我　驚訝　那　因　我　看

'當時我看到時，我很驚訝。'

da   tu   mey-mi-pu-an   u   ya-mavyai   a   kanakan
他們   就   丟棄   活著   小孩子

'他們就這樣把活著的小孩子丟棄。'

a   mey-ku   apen   uri-an
      去   我   拿   那

'我去把孩子拿回來好嗎?'

tu   manci-an kuwan   na   nu   mavakes   ri
      講   說   她   女性   那

'那個太太就說，你亂講'

e-ken   ya   jingyan   a
不   有

'不是，真的有這件事。'

ji-ma-kasi   mey-ku   apen   an

很可憐　去　我　　拿

'真的很可憐！ 我去帶回來好嗎?'

nuun　　mey-mu apen　　si-ma-kuyab　　kuwan-na
好　　　去你拿　　下午　　　　　　說　她

'她說，好的，你下午去拿。'

ala　　　muhakai　　tu　ta　ka-pi-veyvazai　　da
可能　　　男孩　　　那　　工作　　　　　　他們

'那個可能是男孩，因為他們做了慶祝工作。'

mey-na　　　apen　　du　　ma-kuyab　　ri-a
去　他　　　拿　　在　　下午　　　那

'他就在那個下午去拿了。'

muhnai　am am-niring　　du　　mavakes　　na
很久　　　　　說　　在　　女人　　他

'過不久，他對他的太太說'

ji-ka   na   ma-pi-zavuzavuz su kankanen
不-妳   混合   食物

      mu   kuwan   na
      妳   說   他

'他說，妳不要把妳的食物隨便混合來吃了'

u   cinwat   rana   u   inum-en mu kuwan   na
   開水   已經   喝   妳 說   他

'他說:，妳就多喝開水。'

nu sapupu-en   na ri am
       抱   她   那

'她把那個(小孩)抱起來時，'

tu-na   pa-susu-a   du ngusu   na ri am
就 她 哺乳   在 嘴`巴 他 那

'她就常讓那個孩子吸她的乳房。'

ma-unai am tu-ngai rana u susu-na ri
過不久 就來 已經 乳房-她 那

'過不久她就有了母奶。'

ka-tu-na rana nusunusu-an nu-nang am
就 已經 吸乳 那

'那個小孩就開始吃母奶了'

a-likey-pa ri susu-an na
很 小 那 乳房 他

'那時候，他能吸的乳汁還很少'

a mu?nai am ma-ngai sira
久久 去 他們
du ranum aru-a tautau-ri am
在 水 很多的 人們

'過不久，很多的人們走到水邊'

sinu-ri a ya-am-lavi du-vahai nyu-ri a kanakan

誰　　　　　　　　哭　在　家　你們　　　小孩子

kuwan　da-ri　am
說　　　　他們

'他們說，你們家在哭的那個小孩子是誰呀!'

tu　ma-ku?but　u　mu?akai　　na　ri-a
就　　出來　　　　男性　　　他　那

'先生就出來。'

a　nyu　　pa-nguyunguyud-an　　ni-yamen　　an!
　你們　　　嘲笑　　　　　　　我們

'你們為何嘲笑我們？'

a　abu　　su　mi-na-pedped　　ji-yamen　　an!
　沒有　　　　孩子　　　我們

'我們家沒有孩子。'

tu-nyu　man-ci-an　　　　ta　a　ya-ka-nyu

就　　　　　講　　　　　　　　　　你們
ma-kung　　ya
幹什麼　　　這

'你們這是幹麼，這樣亂講！'

e-ni....... a　　i-kanig　　　　da　　sira-ri am
哦!　　　　　不好意思　　他們　他們

'他們就很不好意思。'

tu　da　　　rana　　　ngai
就　他們　　了　　　　去

'就回去了。'

anu　　　ma-ngama-ngai　sira　　ri　　am
若　　　　去　　　　去　　他們　　那

'如果他們那些人常常去的時候'

akman-sang　　　ri　　ka-na-nang　　　　am
好像　　那樣　　那　　　那時後

'也一樣像那樣子,'

ma-miyamizing　　da　　　ri　　nu　ta-ni-yapu-an na
　　常聽說　　　他們　　那　　　親生父母
sira　　　ri
他們　　　　　那

'他的親生父母親常常聽說,,'

ta-ni-anak　　nira　　　ri　　am
親生孩子　　他們　　　　　那

'那個是他們的親生小孩'

a　　da　　　ni-ahap　u　　syu
　　他們　　　撿拿

'啊!當時(原來真有人)撿回去!'

kuwan　　na　ri　tu　akman-pa　　sang　　　uri
說　　　他　那　好像　　　那樣　　那個

'他這樣說那個...那個就先暫時這樣'

tano- anak　　　　 nira　　 ori　am:
親生小孩　　　　　 他們　　 那

'他們那個親生小孩'

　a　　da　ni　hahap　　 u　syu
　　　他們　　 撿

'原來他們撿回了'

kowan　　 na　ori, tu　jakman　pa　sang　　ori,
說　　　　 他　那　　　　　　　　　　 那　　那

'他那樣說'

tu　 mi-peiparaku rana　　　　　 ri　 kanakan
就　 漸漸長大　　　 了　　　　　　 那　 小孩子

'那個小孩子漸漸長大'

tu　rana　　　　　 mi-peipakaveivow　　rana　　　 ri　am,

了　　　　　漸漸成人　　　　　了　　　那

'漸漸變成人了'

mangamangay　　　rana　　　du ataw　　u　anak da,
常常去　　　　　　　了　　　在 海邊　　　　孩子他們

'他們的小孩已經可以常常去海邊了'

ma-cipeisowsowlan　　rana du　aru a　　kakanakan　　uri
玩遊戲　　　　　　　了 在 很多　　　小孩子

'那個小孩子開始跟很多小孩子一起玩 duhduhlan 的遊戲'

mohwnay　　　am, iya...., ala　　oya　　syo
很久　　　　　他　　　　可能　　這

'過了很久，　這個......他可能是當時的.......'

a　　ngungyod　　na　ama　　ri,
　　真正　　　　他　爸爸　　那

'他那個親生的爸爸'

tu-na   nuzaka ri nu kanakan   ri,
就他   抵住   那   小孩子   那

'就把那個小孩子抵住'

tu lavi   u   kanakan   ri   a
就 哭   小孩子   那

'那小孩子就哭了'

karilaw na ri nu ngungyud   a   ni-yapw-an   na,
同情   他 那   真正   的   父親   他

'他真正的父親很同情他。'

to na amtad-an   rana
就 他 放下   了

'他就把他放下了。'

to   mi-peiparaku ri   am,   akman sang,
·   漸漸長大 那   同樣   那樣

'同樣的他漸漸這樣長大'

kena	si	ama	mu	yaken	kowan	na	ri	a ,
	父親	你	我	說	他	那		

'我確實是你爸爸 他那樣說'

beken	jingiyan	si ama	kowan	na ,
不對	確實有	父親	說	他

'他說：不對的，我有父親'

kena	yaken	ngongyod	mu	a	ni-yapowan
不是	我	真正	你		父親

'不是的！我才是你真正的父親'

kowan	na	ri	am ,
說	他	那	

'他那樣說'

i...karilaw　　na　ri　am, to　na　rana　　ngarui　　a,
　　同情　　　他　那　　就　他　了　　　離開

'他同情那個小孩他就離開了。'

akman　　sang　　ori　a,
同樣　　這樣　　那

'同樣這樣,(又過了一陣子)'

ma-niring　　　　ori　am,
　　說　　　　　　那

'那個人於是就說'

ta　ma-teneng　rana u　kanakan　　ri,
　　懂事　　　了　　小孩子　　那

'因為那個小孩子也懂事了'

ma-niring　rana　do　maran　na ri
　說　　　了　　在　叔叔　他　那
'他就對他叔叔說'

a　ni　ma-hap　sya　ri　am,
　　　撿回　　　　那

'那個把他撿回來的人'

manngu　　　ka　mu　ama
覺得如何　　　你　你　爸爸

'我叫你爸爸，你覺得如何？'

tu　na　manci-an　　　si　yama　　na
　　他　　說　　　　　　爸爸　　他

'他就稱他為爸爸。'

ta,　ji　na　pa　tenngi,
因　不　他　　　知道

'因為他還不知道'

ma-kungu　　　kamu　mu　　ama　　mu ina,
　　如何　　　你們　　　　爸爸　　媽媽

'爸爸，媽媽，你們意見如何？'

ta   asyo   o   asa- ka   rarakeh   ori   a,
因   怎會   一個   老人   那

'因為有一個老人！ 他怎會......'

a   tu-dey   manmanciy-an   ja-ken   ori   a,,
            常講說   我
'常常對我說，'

tu-dey   napunapupu-i   ji-yaken,
        常抱住   我

'常常抱住我，'

ori   do   yako   pei-sowsowlan-an,
那   在   我   遊戲處

'就在我玩 suwsuwlan 的那個地方'

a   paci-eza-an   ori   mu   ama,
    跟一起處   那   爸爸

'就是可以跟大家在一起的那個地方'

anak	ku	imo	kowan	na,
孩子	我	妳	說	他

'他說：你是我的孩子。'

am	ma-ngungyud	ori
不過	真實	那

'不過，他說的真實嗎？'

beken	ta	ama	mu	iya	kowan	na
不是		爸爸	你	他	說	他

'他說：不是的，他不是你爸爸。'

tayuw-en	na	pa	ri	a
隱藏	他		那	

'他先隱藏了那個實情，'

beken　　a　　yamen　u　　ni-yapw-an　　mu
不是　　　　　我們　　　　父母親　　　你

'我們不是你的父母親嗎？'

nunan,　　　kowan　　na　ori　　nu kanakan,
對呀　　　　說　　　他　那　　　小孩子

'那個小孩說，是啊!'

makman　　　sang　　ori　　a,
就像　　　　這樣　　那

'那就這樣，'

na　to　manmanci-an mu　　ama,　　manngu　ri　a,
他　　常常說　　　　　爸爸　　怎樣　　那

'他一直常常說，　爸爸，那個到底是怎麼一會兒事？'

ngungyud　　ori　a　ni-yapw-an　ko
真正　　　　那個　　　父親　　我

'那是我真正的父親嗎?'

ji	mu	nayo	a	kowan	na	ori	a,
不	你	隱藏		說	他	那	

'那個小孩說,你不要隱藏。'

maniring	rana	ni-ahap	sya	ri	am,
說	了	撿	那		

'那個撿小孩的就說了'

ta	ya	ko	tayu-en	pa	manganak	ku,
	我	隱藏			孩子	我

'我親愛的小孩,我是先隱藏一下'

yaken	rana	manganak	ku	am,
我	了	孩子	我	

'我親愛的小孩,你就是我的孩子呢!'

uri	ni-mangay	ku	du	dang	mi-yuwyaw	am,

曾去　　我　在　　那裏　　外出

'是這樣的，我曾經在那個地方方便'

tu	ku	a	mi-zing	imu	am-lavi	manganak	ku,
就	我		聽到	你	哭泣	孩子	我

'我就聽到你在哭泣，我親愛的小孩'

	mangay	ku	imu	cita-en	am,
	過去	我	你	看	

'當我去看你的時候，'

a-likey	ka	pa	vayo	ka	pa	ni-matazak-a-tau
.很小	你		新	你		出生的人

'你還很小，你還剛出生，'

nu	ka-nunang	na	pa	am
	那個時候			

'在那個時候時，'

tu　ku　ngahap-a　　imu
就　我　拿　　　　你

'我就把你撿回去。'

ta　i-karilaw　　ku　　imu,
因　很同情　　　我　　你

'因為我很同情你'

muwnay am　, mi-cinwat　si　kaminan　　mu　　to
很久　　　　開水　　　　阿姨　　　你　　那

'過不久，你的阿姨以開水補充奶水，'

am　uri　ni-susu-an　mu　　rana　manganak　ku
那　乳房　你　　　了　　吾孩　　我

'我親愛的小孩，你那時才開始吸奶的。'

su　i-ka-nuyung na　nunang
　　　正確　　　　那時

'所以那個是正確的。'

a	ni-yapu-an	mu	manganak	ku	an
	父親	你	吾孩	我	

'我親愛的小孩'

beken	a	ni-yapu-an	mu	yamen	ya,
不是		父親	你	我們	這

'我們不是你的親生父母親。'

ta	ji	ka	ni-muawes	ji-kaminan	mu
因	不	你	？	阿姨	你

'因為不是你的阿姨生你的。'

si ina	mu	am u	si ina	mu	ri,
媽媽	你		媽媽	你	那

'那個你親生的媽媽是你的媽媽。'

su   i-kangungyud   na   nunang   a   ni-yapu-an   mu
      真正   那個   父親   你

'所以那個是你親生的父親。'

第 **6** 章

雅美語的基本詞彙

一劃

一	one	asa
一百	one hundred	asa-zanam

二劃

七	seven	pitu
九	nine	siyam
二	two	duwa
人	person	tau
八	eight	wawu
十	ten	puwu

三劃

三	three	tilu
下面	below, beneath	tei-zaem

上面	above, up	tei-ngatu
大的	big	azaku
女人	woman	mavakes
小的	small	alikei
小孩	child	kanakan / metdeh
山	mountain	takei

四劃

五	five	lima
六	six	anem
天	sky	angit
太陽	sun	azaw
心	heart	taur
手	hand	lima
手肘	elbow	siku
月	month	vean
月亮	moon	vean
水	water	ranum
火	fire	apui
父親	father (reference)	niypwan
牙齒	tooth	ngepen

五劃

兄姊	older sibling	kaka
去	go	angai
右邊	right	ka-wan-an

四	four	apat
左邊	left	ka-uri-an
打	hit	bakbak
打喝欠	yawn	mi-uwab
打開	open	ma-iwang-en
打雷	thunder	mi-adei
打穀	thresh	mang-sad
母親	mother (reference)	niypwan
甘蔗	sugarcane	unas
生的	raw	ma-ta
田	farm, field	pi-akawan
白天	day	ma-zau
皮膚	skin	kulit
石	stone	vatu

六劃

名字	name	ngazan
吃	eat	kuman
地	earth	tei-nguta
多少	how many	a-piza
好的	good	apiya
尖的	sharp	ma-carem
年	year	kawan
死的	dead	ma-rakat
灰	ashes, dust	avu
竹子	bamboo	kawalang
米	husked rice	mugis

羊	goat, sheep	kagling
耳朵	ear	talinga
肉	flesh	asisi
肋骨	ribs	tagrang
血	blood	rala
衣服	clothes	talili

七劃

作夢	dream	mi-tateinep
你	thou	imu
你們	you（pl.）	iniyu
冷的	cold	ma-zekmeh
卵	egg	yucui
吹	blow	avyut
吸	suck	karud
坐	sit	misna / am-lisna
屁	fart	atud
尿	urine	taci
弟妹	younger sibling	wazi
我	I	yaken
我們	we（exclusive）	yamen
抓	scratch	ka-ramu-en
村莊,部落	village, tribe	ili
男人	man	mu-akay / ma-akay
肝	liver	atai
肚子,腹	belly	velek
芋頭	taro	susuli

| 走 | walk | ma-lam |
| 那個 | that | wuzi / wutu |

八劃

乳房	breasts	susu
來	come	jana
呼吸	breathe	mi-inawan
夜晚	night	ma-ep
拍	peck, tap	mi-karkaryag
抱	hold	kalepkep
朋友	friend	kagagan
果實	fruit	asi
林投,鳳梨	pandanus, pineapple	angu / pinapu / kinapu
河流	river, brook	ayu
爸爸	father (address)	yama
狗	dog	inu
知道	know	ka-tengan
肺	lung	apwaw
肥	fat, grease	tava
近的	close	ma-sengen
長矛	spear	cinaldut
長的	long	ma-zanu
雨	rain	cimui

九劃

前面	front	teitaud
厚的	thick	ma-gsar
咬	bite	sungit
咱們	we（inclusive）	yaten
屎	excreta	ubut
屋子	house	vahai
屋頂	roof	atep
後面	back	teizala
挖	dig	kalien
指	point to	tudu
星星	star	mata-nu-angit
洗（衣服）	wash (clothes)	mi-apipis
洗（盆子）	wash (dishes)	mi-vazaveza
洗（澡）	wash (bathe)	maryus
活的	alive	ma-viyai
看	see	sita
砂	sand	tana
胃	stomach	vituka
苦的	bitter	ma-kupad
虹	rainbow	zangizang
重的	heavy	ma-zehmet
風	wind	saruhsaw
飛	fly	salap
香蕉	banana	vineveh / mineveh

十劃

借	borrow	man-vuud
哭	cry, weep	lavi

害怕	fear	ma-niahei
射	shoot	paltug
拿	take	apen
根	root	ateng
烤	roast	sarab-en
笑	laugh	maming
草	grass	tamek
蚊子	mosquito	tamunung
酒	wine	saki
配偶	spouse	kudw-du-vahai
針	needle	zayum
閃電	lightening	mi-cicilat
骨	bone	tutuwang

十一劃

乾的	dry	ma-kurai
乾淨的	clean	ma-nuhnaw
做工	work	mi-varai
偷	steal	takaw-en
唱	sing	mi-an-nuwanud
殺死	kill	rakaten
眼睛	eye	mata
蛇	snake	vulay
這個	this	wuya
魚	fish	amung

十二劃

帽子	hat	sakup
游	swim	mi-lawawat
煮	cook	rutung-en
猴子	monkey	saru
短的	short	a-linged
等候	wait	ma-nanala
筋	vein	kanut
給	give	turu
菜	side dishes	yakan
買	buy	sarangen
跑	run	ma-lalayu
跌倒	fall	ma-lektek
跛腳	lame, crippled	ma-tuklai
雲	cloud	cinalab
飯渣	food particles caught between the teeth	cinga

十三劃

傷口	wound	nuka
嗅	smell	angut / mangut
媽媽	mother(address)	ina
新的	new	ma-vayu
暗的	dark	ma-sazi
煙	smoke	aub

痰	mucus	cipa
禁忌	taboo	alag
腳	foot	ai
葉	leaf	vuung
跟隨	follow	ma-cilulu
路	road	zazahan
跳	jump	tumutu
跳舞	dance	ma-ganam
鉤	hook	sasagit
飽的	satiated	ma-busui

十四劃

嘔吐	vomit	wuhtuhta
摸	grope	?inan
漂流	adrift, flow	ma-riyod
睡	sleep	mitkeh
腿	leg	apa
蓆子	mat	atpit
蒼蠅	fly	naned
蜜蜂	bee	tapipi
語言,話	language	cizing / cizeng
說	talk	panci
輕的	light	ma-paw
遠的	far	ma-zaiy
鼻子	nose	mumudang

十五劃以上

嘴	mouth	ngusu
敵人	enemy	pa-ci-liliman-an
熟的	ripe	ma-dengdeng
熱的	hot	ma-nget
稻	rice	mugis
線	thread	cingdasan
膝蓋	knee	utud
蝨卵	nit	lisa
誰	who	sinu
豬,山豬	pig, boar	kuis
賣	sell	pa-narang
醉	drunk	ma-saki
舖蓆子	lay mat	pa-zasa-in atpit
樹木,木柴	tree, wood	kayu / sinabuwai
樹林	forest	kagsan
燒	burn	sarab
螞蝗	leech	ilad
貓	cat	kura
頭	head	wuwu
頭目	chief	pa-ni-risiring-en
頭蝨	head louse	kutu
頭髮	hair	uvuk
龜	turtle	rangirang
濕的	wet	ma-vasa-a
縫	sew	tapang
膽	gall	aptu

臉	face	muing
薄的	thin	ma-tazipis
鴿子	pigeon	katu
黏的	adhere	ma-deket
擲	throw	pa-telemen
檳榔	betel nut	mamaen
織布	weave	mi-cinun
舊的	old	a-dan
藏	hide	tayuw-en
蟲,蛆	worm, maggot	uwed
雞	chicken	manuk
額	forehead	rugrugwan
壞的	bad	ma-raet
繩子	rope	uvai
聽	hear	miring
髒的	dirty	ma-luit
鰻	eel	rukang

雅美語的參考書目

李壬癸 （Li, Jen-kuei Paul）
　　1992　《台灣南島語言的語音符號系統》
　　　　　台北：教育部教育研究委員會。

何德華
　　1997　《蘭嶼雅美族兒童族語能力評鑑：重覆句子
　　　　　測驗》台灣語言發展學術研討會論文集初
　　　　　編，國立新竹師範學院，417-448。

何德華等
　　1995　《雅美語的活力》國科會專題研究成果報告
　　　　　(NSC84-2411-H-126-001)。

董瑪女
　　1995　《中央研究院民族學研究所雅美族口傳文
　　　　　學資料檔案翻譯》台灣原住民史料彙編
　　　　　1。南投：台灣省文獻委員會，15-111 頁。

　　1996　《雅美族口傳文學資料檔案翻譯（二）》
　　　　　台灣原住民史料彙編 2。南投：台灣省文
　　　　　獻委員會，1-96 頁。

董瑪女，何德華
　　1999　《雅美語教材》。ms.

Asai, Erin

> 1936 *A study of Yami language: An Indonesian language spoken on Botel Tobago Island.* Leiden: Universiteitsboekhandel en Antiquariaat J. Ginsberg.

Chang, Claire Hsun-huei（張郇慧）

> 1997 On thematic structure of Yami verbs. NSC report 85-2418-H-004-001.

> 1998 Yami complex sentences: interaction between thematic structure and syntactic structure. NSC report 86-2411-H-004-016.

Chen, Hui-ping

> 1998 *A sociolinguistic study of second language proficiency, language use, and language attitude among the Yami in Lanyu.* MA Thesis: Providence University.

Guo, Ling-yu（郭令育）

> 1998 A prosodic-morphology approach to Yami reduplication. In 王添源編『全國英美文學語言學論文集』。台北：文鶴出版社，137-153.

Ho, Arline Y. L（何月玲）

1990   *Yami structure: a descriptive study of the Yami language.* MA Thesis: National Tsin Hua University.

1993   Transitivity, focus, case and the auxiliary verb systems in Yami. *Bulletin of the Institute of History and Philology* 62.1.83-147. Taipei: Academia Sinica.

Jeng, Heng-hsiung（鄭恆雄）

1981   Yami verbal classification and the cooccurrences of cases. *Philippine Journal of Linguistics* 12.1.29-55.

Li, Paul Jen-kuei, and Arlene Y. L. Ho（李壬癸　何月玲）

1988   A preliminary report of the Yami language on the Island of Lanyu. *Newsletter for research in Chinese Studies* 7.4.224-232.

Shi, L. Yu-mian（施玉勉）

1996   *Yami word structure.* MA Thesis: Providence University

Tsuchida, Shigeru, Yukihiro Yamada, Tsunekazu Moriguchi

1987   *Lists of selected words of Batanic languages.* University of Tokyo.

Tsuchida, Shigeru, Ernesto Constantino, Yukihiro Yamada,

Moriguchi Tsunekazu

1989 *Batanic languages: lists of sentences for grammatical features.* University of Tokyo.

小川尙義，淺井惠倫

1935 《台灣高砂族傳說集》台北帝國大學。

中華民國聖經公會

1994 《雅美語新約聖經》(seysyo no tao: avayo a seysyo)。

專有名詞解釋

三劃

小舌音 (Uvular)

　　發音時，舌背接觸或接近軟顎後的小舌所發的音。

四劃

互相 (Reciprocal)

　　用以指涉表相互關係的詞，如「彼此」。

元音 (Vowel)

　　發音時，聲道沒有受阻，氣流可以順暢流出的音，可以單獨構成一個音節。

分布 (Distribution)

　　一個語言成分出現的環境。

反身 (Reflexive)

　　複指句子其他成份的詞，如「他認爲自己最好」中的「自己」。

反映 (Reflex)

　　直接由較早的語源發展出來的形式。

五劃

引述動詞 (Quotative verb)

　　用以表達引述的動詞，後面常接著引文，如「他說
　　『…』」。

主事者 (Agent)

　　在一事件中扮演動作者或執行者之語法成分。

主事焦點 (Agent focus)

　　焦點的一種，主語為主事者或經驗者。

主動 (Active voice)

　　動詞的語態之一，選擇動作者或經驗者為主語，與之相
　　對的為被動語態。

主題 (Topic)

　　句子所討論的對象。

代名詞系統 (Pronominal system)

　　用以替代名詞片語的詞。可區分為人稱代名詞、如「我、
　　你、他」，指示代名詞，如「這、那」或疑問代名詞，
　　如「誰、什麼」等。

包含式代名詞 (Inclusive pronoun)

　　第一人稱複數代名詞的形式之一，其指涉包含聽話者，
　　如國語的「咱們」。

可分離的領屬關係 (Alienable possession)

　　領屬關係的一種，被領屬的項目與領屬者的關係為暫時

性的，非與生具有的，如「我的筆」中的「筆」和「我」，
參不可分離的領屬關係（inalienable possession）。

可指示的 (Referential)

具有指涉實體之功能的。

目的子句 (Clause of purpose)

表目的的子句，如「爲了…」。

六劃

同化 (Assimilation)

一個音受到其鄰近音的影響而變成與該鄰近音相同或相
似的音。

同源詞 (Cognate)

語言間，語音相似、語意相近，歷史上屬同一語源的詞
彙。

回聲元音 (Echo vowel)

重複鄰近音節的元音，而把原來的音節結構 CVC 變成
CVCV。

存在句結構 (Existential construction)

表示某物存在的句子。

屈折 (Inflection)

區分同一詞彙不同語法範疇的型態變化。如英語的 have
與 has。

有生的 (Animate)

名詞的屬性之一，用以涵蓋指人及動物的名詞。

自由代名詞 (Free pronoun)

可獨立出現，通常分布與名詞組相似的代名詞，相對附著代名詞。

舌根音 (Velar)

由舌根接觸或接近軟顎所發出的音。

七劃

刪略 (Deletion)

在某個層次原先存在的成分，經由某些程序或變化而不見了。如許多語言的輕音節元音在加詞綴後，會因音節重整而被刪略。

助詞 (Particle)

具有語法功能，卻無法歸到某一特定詞類的詞。如國語的「嗎」、「呢」。

含疑問詞的疑問句 (Wh-question)

問句之一種，以「什麼」、「誰」、「何時」等疑問詞詢問的問句。

完成貌 (Perfective)

「貌」的一種，事件發生的時間被視爲一個整體，無法予以切分，參考「非完成貌」 (Imperfective)。

八劃

並列 (Coordination)

　　指兩個句子成分在句法上的地位是相等的,如「青菜和水果都很營養」中的「青菜」與「水果」。

使動 (Causative)

　　某人或某物造成某一事件之發生,可以透過特殊結構、動詞或詞綴來表達。

受事者 (Patient)

　　句子中受動作影響的語意角色。

受事焦點 (Patient focus)

　　焦點之一,其主語為受事者,在南島語中,通常以- n 或-un 標示。

受惠者焦點 (Benefactive focus)

　　焦點的一種,主語為受惠者。

呼應 (Agreement)

　　指存在於一特定結構兩成分間的相容性關係,通常藉由詞形變化來表達。如英語主語為第三人稱單數時,動詞現在式須加 – s 以與主語的人稱及數呼應。

性別 (Gender)

　　名詞的類別特性之一,因其指涉的性別區分為陰性、陽性與中性。

所有格 (Possessive)

　　標示領屬關係的格位,與屬格(Genitive)比較,所有格僅標示領屬關係而屬格除了標示領屬關係之外,尚可

標示名詞的主從關係。

附著代名詞 (Bound pronoun)

　無法獨立出現，必須附加於另一成分的代名詞。

非完成貌 (Imperfective)

　「貌」的一種，動作或事件被視為延續一段時間，持續
　或間續發生。參考「完成貌」。

九劃

前綴 (Prefix)

　指加在詞前的詞綴，如英語表否定的 un-。

南島語系 (Austronesian languages)

　指分布在太平洋和印度洋島嶼中，北起台灣，南至紐西
　蘭，西至馬達加斯加，東至南美洲以西復活島的語言，
　約有一千二百多種語言。

後綴 (Suffix)

　加在一詞幹後的詞綴，如英語的 –ment。

指示代名詞 (Demonstrative pronoun)

　標示某一指涉與說話者等人遠近關係的代名詞，如「這」
　表靠近，「那」表遠離。

是非問句 (Yes-no question)

　問句之一種，回答為「是」或「不是」。

衍生 (Derivation)

　構詞的方式之一，指詞經由加綴產生另一個詞，如英語

的 work 加 -er 變 worker。

重音 (Stress)

　一個詞中念的最強的音節。

音節 (Syllable)

　發音的單位，通常包含一個母音，可加上其他輔音。

十劃

原因子句 (Causal clause)

　用以表示原因的子句，如「我不能來，因爲明天有事」
　中的「因爲明天有事」。

原始語 (Proto-language)

　具有親屬關係的語族之源頭語言。爲一假設，而非真實
　存在之語言。

時制 (Tense)

　標示事件發生時間與說話時間之相對關係的語法機制，
　可分爲「過去式」（事件發生時間在說話時間之前）、「現
　在式」（事件發生時間與說話時間重疊）、「未來式」（事
　件發生時間在說話時間之後）。

時間子句 (Temporal clause)

　用來表示時間的子句，如「當…時」。

格位標記 (Case marker)

　標示名詞組語法功能的符號。

送氣 (Aspirated)

　　某些塞音發音時的一種特色，氣流很強，如國語的/ㄆ/
(pʰ)音即具有送氣的特色。

十一劃

副詞子句 (Adverbial clause)

　　扮演副詞功能的子句，如「我看到他時，會轉告他」中
的「我看到他時」。

動詞句 (Verbal sentence)

　　以動詞做謂語的句子。

動態動詞 (Action verb)

　　表示動作的動詞，與之相對的為靜態動詞。

參與者 (Participant)

　　指涉及或參與一事件中的個體。

專有名詞 (Proper noun)

　　用以指涉專有的人、地等的名詞。

捲舌音 (Retroflex)

　　舌尖翻抵硬顎前部或齒齦後的部位而發的音。如國語的
/ㄓ、ㄔ、ㄕ/。

排除式代名詞 (Exclusive pronoun)

　　第一人稱複數代名詞的形式之一，其指涉不包含聽話
者；參考「包含式代名詞」。

斜格 (Oblique)

用以涵蓋所有無標的格或非主格的格，相對於主格或賓格。

條件子句 (Conditional clause)

表條件，如「假如...」的子句。

清化 (Devoicing)

指濁音因故而發成清音的過程。如布農語的某些輔音在字尾會清化，比較 huud [huut] 「喝 (主事焦點)」 與 hudan [hudan] 「喝 (處所焦點)」。

清音 (Voiceless)

發音時聲帶不振動的輔音。

被動 (Passive)

語態之一，相對於主動，以受事者或終點為主語。

連動結構 (Serial verb construction)

複雜句的一種，含兩個或兩個以上的動詞，無需連詞而並連在一起。

陳述句 (Declarative construction)

用以表達陳述的句子類型，相對於祈使與疑問句。

十二劃

喉塞音 (Glottal stop)

指聲門封閉然後突然放開而發出的音。

換位 (Metathesis)

兩個語音次序互調之程。比較布農語的 ma-tua 「關
(主事焦點)」與 tau-un「關 (受事焦點)」。

焦點系統 (Focus system)

在南島語研究上，指一組附加於動詞上，標示主語語意
角色的詞綴。有「主事焦點」、「受事焦點」、「處所焦點」、
「工具/受惠者焦點」四組之分。

等同句 (Equational sentence)

句子型態之一，其謂語與主語的指涉相同，如「他是張
三」中「他」與「張三」。

詞序 (Word order)

句子或詞組成分中詞之先後次序，有些語言詞序較爲自
由，有些則固定不變。

詞根 (Root)

指詞裡具有語意內涵的最小單位。

詞幹 (Stem)

在構詞的過程中，曲折詞素所附加的成分，可以是詞根
本身、詞根加詞根所產生的複合詞、或詞根加上衍生詞
綴所產生的新字。

詞綴 (Affix)

構詞中，只能附加於另一詞幹而不能單獨存在的成分，
依其附著的位置可區分爲前綴（prefixes）、中綴
（infixes）與後綴（suffixes）三種。

十三劃

圓唇 (Rounded)

發音時，上下唇收成圓形而發的音。

塞音 (Stop)

發音時，氣流完全阻塞後突然打開，讓氣流衝出而發的音，如國語的 /ㄅ/。

塞擦音 (Affricate)

由塞音和擦音結合而構成的一種輔音。發音時，氣流先完全阻塞，準備發塞音，解阻時以擦音發出，例如國語的 /ㄘ/ (ts)。

滑音 (Glide)

作為過渡而發的音，發音時舌頭要滑向或滑離某個位置。

十四劃

違反事實的子句 (Counterfactual clause)

條件子句的一種，所陳述的條件與事實不符。如「早知道就不來了」中的「早知道」。

實現式 (Realis)

指已發生或正在發生的事件。

構擬 (Reconstruction)

指比較具有親屬關係之語言現存的相似特徵，重建或復原其原始語的過程。

貌 (Aspect)

事件內在的結構的文法表徵，可分為「完成貌」、「起始貌」、「非完成貌」、「持續貌」與「進行貌」。

輔音 (Consonant)

發音時，在口腔或鼻腔中形成阻塞或狹窄的通道，通常氣流被阻擋或流出時可明顯的聽到。

輔音群 (Consonant cluster)

出現在同一個音節起首或結尾的相連輔音，通常其組合會有某些限制；如英語只允許最多 3 個輔音出現於音節首。

領屬格 (Genitive case)

表達領屬或類似關係的格。

十五劃以上

樞紐結構 (Pivotal construction)

複雜句結構的一種，其第一個句子的賓語為第二個句子之主語。如「我勸他戒煙」，其中「他」是第一個動詞「勸」的賓語，同時也是第二個動詞「戒煙」的主語。

複雜句 (Complex sentence)

由一個以上的單句所構成的句子。

論元 (Argument)

動詞要求的語法成分，如在「我喜歡語言學」中「我」及「語言學」為動詞「喜歡」的兩個論元。

齒音 (Dental)

發音時舌尖觸及牙齒所發出的音，如賽夏語的 /s/。

濁音 (Voiced)

指帶音的輔音，發音時聲帶會振動。

謂語 (Predicate)

語法功能分析中，扣除主語的句子成分。

選擇問句 (Alternative question)

問句之一種，回答爲多種選項中之一種。

靜態動詞 (Stative verb)

表示狀態的動詞，通常不能有進行式，如國語的「快樂」。

擦音 (Fricative)

發音方式的一種，發音時，器官中兩部分很靠近但不完全阻塞，留下窄縫讓氣流從縫中摩擦而出，例如國語的 /ㄙ/ (s)。

簡單句 (Simple sentence)

只包含一個動詞的句子。

顎化 (Palatalization)

指非硬顎部位的音，在發音時，舌頭因故提高往硬顎部位的過程。如英語 tense 中的 /s/ 加上 ion 後，受高元音 /i/ 影響讀爲 /ʃ/。

關係子句 (Relative clause)

對名詞組的名詞中心語加以描述、說明、修飾的子句，如英語 *The girl who is laughing is beautiful.* 中的 *who is laughing* 即爲關係子句。

聽話者 (Addressee)

說話者講話或交談的對象。

顫音 (Trill)

發音時利用某一器官快速拍打或碰觸另一器官所發出的音。

讓步子句 (Concessive clause)

表讓步關係,如由「雖然…」、「儘管…」所引介的子句。

索引

國家圖書館出版品預行編目資料

雅美語參考語法／張郇慧作. —初版. —臺北
市：遠流，2000〔民89〕
面；　　公分. —（臺灣南島語言；13）
參考書目：面
含索引
ISBN 957-32-3899-3（平裝）

1. 雅美語

802.998　　　　　　　　　　　　89000082